LES FEMMES AUTEURS

DU MÊME AUTEUR, A LA MÊME LIBRAIRIE

La France sous l'ancien régime. *Le Gouvernement et les Institutions.* Un volume in-8°. (Épuisé.)

La France sous l'ancien régime. *Les Usages et les Mœurs.* Un volume in-8°.................. 7 fr. 50
(Couronné par l'Académie française, second prix Gobert.)

La France pendant la Révolution. Deux volumes in-8°.................................... 15 fr.

La Vie en France sous le premier Empire. Un volume in-8°........................... 7 fr. 50

Dix Ans de la vie d'une femme pendant l'Émigration. *Adélaïde de Kerjean, marquise de Falaiseau, d'après des lettres inédites et des souvenirs de famille.* Deuxième édition. Un volume in-8°......... 7 fr. 50

La Fontaine moraliste. Un volume in-18.... 3 fr. 50

Propos littéraires. Un volume |in-18...... 3 fr. 50

Le Style épistolaire. Un volume in-18.... 3 fr. 50

Paysages poétiques et littéraires. Un volume in-18.................................... 3 fr. 50

PARIS. — TYP. PLON-NOURRIT ET Cⁱᵉ, 8, RUE GARANCIÈRE. — 14869

VICOMTE DE BROC

LES FEMMES AUTEURS

TROIS FEMMES POÈTES : MARIE DE FRANCE, CHRISTINE DE PISAN
LOUISE LABÉ
LES FEMMES POÈTES AU XVIᵉ SIÈCLE. — Mᵐᵉ DESHOULIÈRES ET Mᵐᵉ DUFRÉNOY
LES FEMMES POÈTES AU XIXᵉ SIÈCLE. — LE ROMAN AU XVIIᵉ SIÈCLE
Mˡˡᵉ DE SCUDÉRY ET Mᵐᵉ DE LA FAYETTE
DEUX FEMMES SAVANTES : Mˡˡᵉ DE GOURNAY ET Mᵐᵉ DACIER
LES MÉMOIRES ÉCRITS PAR DES FEMMES. — LES ÉPISTOLIÈRES.

PARIS

LIBRAIRIE PLON

PLON-NOURRIT ᴇᴛ Cⁱᵉ, IMPRIMEURS-ÉDITEURS

8, RUE GARANCIÈRE — 6ᵉ

1911

Tous droits réservés

LES
FEMMES AUTEURS

CHAPITRE PREMIER

LES FEMMES AUTEURS. — LEURS NOMS
ET LEURS OEUVRES.

I

L'opinion générale n'est pas favorable aux
femmes auteurs; elle leur est presque hostile,
et il semble que la carrière des lettres, — où
beaucoup d'entre elles se sont illustrées, —
doive leur être interdite.

Il y a là une injustice et un préjugé.

Si l'on prétend frapper les femmes d'incapa-
cité littéraire, de nombreux exemples protes-
tent en leur faveur. Si, au contraire, on estime

1

que le domaine des lettres, sans leur être défendu, n'est pas celui où elles sont appelées généralement, on aura raison.

Les femmes, en effet, par les devoirs qu'elles ont à remplir, ne sont pas destinées aux mêmes carrières que les hommes. Leurs occupations les détournent des buts que nous poursuivons. Mères de famille, maîtresses de maison, elles ont des enfants à élever, un intérieur à diriger, tâches importantes qui peuvent suffire à leur ambition et à leur activité, du moins chez le plus grand nombre. Reines de l'aiguille, — plutôt que de la plume, — elles exercent dans la famille une influence qui n'est pas moindre dans la société.

Leur rôle est tracé d'avance, et il sera d'autant plus utile, d'autant plus fécond qu'elles n'en auront pas franchi les limites et dénaturé le caractère.

La femme auteur ne représente pas la généralité ; elle demeure l'exception, exception que ustifient le privilège de l'intelligence, des talents, et parfois le besoin de trouver des moyens d'existence. Mais, en sortant de la règle commune, elle ne mérite pas la défaveur, encore moins l'ostracisme dont on a prétendu la frapper. Combien n'aurions-nous pas à regretter le silence de tant de femmes supérieures qui se sont placées au premier rang des écrivains, et ont enrichi notre patrimoine intellectuel !

Avant de juger leurs œuvres, il importe d'être fixé sur leurs aptitudes, sur les dons qu'elles ont reçus du ciel. Ici, je laisse la parole à un maître dont les écrits joignent l'autorité de la raison au charme de la forme. M. Legouvé, mort doyen de l'Académie, presque centenaire et qui n'a pas semblé connaître la vieillesse, a consacré à la question féministe un volume où il étudie toutes celles qui s'y rattachent (1). Son père avait célébré les femmes dans un poème célèbre (2). A son tour,

---

(1) *Histoire morale des femmes.*
(2) *Le Mérite des femmes.*

il les défendit contre les injustices de la législation, et traita son sujet avec la hauteur de vues qu'il méritait. Son opinion sur la valeur intellectuelle des femmes est intéressante à connaître : c'est celle non d'un censeur sévère ou d'un apologiste outré, mais d'un juge sympathique et éclairé.

Il reconnaît aux femmes les dons artistiques qu'elles doivent à leur sensibilité, à leur imagination, à leurs enthousiasmes. Il ne trouve pas en elles la faculté créatrice. Leur sexe se refuse aux conceptions fortes et hardies, aux abstractions, au pouvoir de généraliser et de concevoir les œuvres qui réclament des vues d'ensemble. C'est dire qu'elles ne réussiront pas dans le drame, dans l'épopée ni dans l'Histoire.

« Il est, observe M. Legouvé, quatre genres secondaires qui leur promettent des succès éclatants : c'est la poésie élégiaque, le roman, le style épistolaire et la causerie. Là, toutes leurs qualités sont de mise, leurs défauts devien-

nent des qualités... Les femmes sont nos maîtres et doivent l'être dans la causerie et le
style épistolaire. Que nous représentent, en
effet, les lettres et les entretiens? Une improvisation, improvisation de sentiments aussi bien
que de paroles. »

Aucune œuvre vraiment grande ne peut être
revendiquée par une femme. C'est encore l'écrivain que je viens de citer qui en fait la remarque :

« Dans la peinture et la sculpture, aucun
tableau, aucun paysage, aucune statue immor-
telle dont l'auteur soit une femme !

« En musique, pas une symphonie, pas un
opéra, pas même une sonate, — je parle des
chefs-d'œuvre, — qui aient été composés par
une femme !

« Dans l'art dramatique, pas une tragédie,
pas une comédie vraiment célèbre qui soit partie de la main d'une femme !

« Dans l'épopée, même phénomène; et, à son
tour l'Histoire ne compte ni un Tacite, ni un
Thucydide féminin.

« Comment expliquer ces faits?

« Par l'éducation féminine? Sans doute, c'est là une des causes qui les ont produits, mais ce n'est pas la seule, ce n'est pas même peut-être la principale. En effet, l'étude de la musique, par exemple, tient beaucoup plus de place dans la vie des femmes que dans la nôtre; la profession théâtrale est ouverte aux actrices comme aux acteurs, et cependant ni le commerce assidu des grandes œuvres harmoniques, ni le contact perpétuel avec le goût du public qui créa en partie Molière, Shakespeare et Lesage, n'ont donné aux femmes le génie dramatique ou musical.

« Il faut donc aller chercher la solution du problème ailleurs, c'est-à-dire dans la nature des êtres et des choses (1). »

L'explication se trouve ainsi donnée par la constatation d'un fait, Voltaire avait énoncé la même vérité, en disant : « On a vu des femmes

(1) *Histoire morale des femmes,* liv. V, ch. I.

très savantes, comme il en fut de guerrières ; mais il n'y en a jamais eu *d'inventrices.* » Et Rivarol attribuait cette lacune à une cause qui est à la louange de leur sexe : « Le ciel, dit-il, refusa le génie aux femmes pour que toute la flamme pût se porter au cœur. »

En faisant ces remarques, on ne prouvera pas que les femmes soient inférieures aux hommes par l'intelligence, mais qu'elles en diffèrent par la manière de s'en servir et par les dons inhérents à leur nature et à leur condition.

II

Les femmes étant douées par l'imagination, l'on ne s'étonnera pas de les voir briller dans la poésie. Elles sont aptes à la comprendre et à la cultiver par la délicatesse des sentiments, par l'amour de la rêverie et l'idéal qu'elles cherchent à réaliser.

Dès le milieu du treizième siècle, une femme nous apparaît, — la première de toutes, dans notre pays, — c'est Marie de France. Elle n'appartient pas à la maison royale, comme son nom semblerait l'indiquer. Par sa naissance, elle se rattache à une race anglo-normande. Le mystère de son origine ajoute un prestige à cette figure lointaine. Elle a composé des fables en vers, dans ce vieux langage dont la saveur embellit ce qu'il a parfois de peu intelligible. Ce n'est pas pour elle un médiocre honneur d'avoir fourni quelques-uns de ses sujets à notre immortel la Fontaine.

A la fin du quatorzième siècle, voici Christine de Pisan, poète autant qu'historienne, auteur du curieux « livre des faicts et bonnes mœurs du sage roy Charles ».

Louise Labé, à laquelle la ville de Lyon s'honore d'avoir donné le jour, en 1525, joignait l'esprit à la beauté. Elle inaugure la pléiade des femmes de la Renaissance, les unes savantes, les autres poètes et dont Marguerite de Valois, reine de Navarre, sœur de François I⁰ʳ, est la personnification la plus éclatante. Leurs œuvres, la plupart oubliées, participent à ce rayonnement de l'esprit du seizième siècle que l'on retrouve dans une autre Marguerite de Valois, femme d'Henri IV, et auquel ne reste pas étrangère Jeanne d'Albret qui donnait la réplique à Clément Marot dans des épîtres qui sont parvenues jusqu'à nous (1).

---

(1) Voir le volume qu'a consacré à cette époque M. Léon FEUGÈRE : *Femmes poètes au seizième siècle.*

Mme Deshoulières a conquis, sous le règne de Louis XIV, le titre de Muse par un petit recueil de vers qu'entr'ouvrent ceux qui cherchent à glaner des épis dans les champs de la poésie française. Elle a eu le sort des étoiles éphémères que l'on voit briller sur la voûte du ciel.

Le dix-huitième siècle, où tout le monde rime, ne fait surgir aucune renommée poétique parmi les noms de femmes.

Inférieure à Mme Deshoulières et venue longtemps après elle, Mme Dufrénoy traverse le groupe versificateur de cette époque, dans les années mêmes de la Révolution.

Le dix-neuvième siècle voit naître les œuvres de Mme Tastu, Mme Desbordes-Valmore, Élisa Mercœur, Élise Moreau (Mme Gagne), Anaïs Ségalas. Elles ont eu leurs jours de célébrité dans le monde littéraire, et les amis des vers iront feuilleter les volumes dont la date nous reporte à des années déjà lointaines.

Ainsi qu'on pourra le remarquer, les femmes

qui ont abordé la poésie ont choisi le genre
sentimental de préférence à tout autre. C'est
celui que leur désignaient leurs aspirations.
Elles ne sont pas appelées à réussir dans le
genre lyrique, ni dans la poésie épique.

Le roman était destiné à leur fournir des
éléments de succès. On sait combien sa lecture
les attire. Comment n'aurait-il pas tenté leur
plume? Il se compose d'événements imprévus,
de drames du cœur. La passion y joue un rôle
principal et y parle son langage. Autant de
raisons pour que le roman ait trouvé chez les
femmes des interprètes, comme il aura toujours
parmi elles des lectrices.

Au dix-septième siècle, sous Louis XIV,
Mlle de Scudéry est la romancière en vogue.
Ses nombreux volumes se succèdent sans jamais fatiguer l'admiration de ses contemporains.

Mme de La Fayette oppose la concision à la
prolixité. Elle a attaché sa réputation à un
roman resté célèbre : la *Princesse de Clèves*. Il

a eu le rare privilège de traverser plusieurs siècles, sans tomber dans l'oubli où s'ensevelissent la plupart des œuvres de ce genre.

Mme de Tencin s'est essayée dans le roman et Mme Riccoboni y a trouvé les succès qu'elle n'avait pas obtenus au théâtre. Mme de Graffigny a dû aux *Lettres péruviennes* une heure de succès.

Mme Cottin n'éveille plus que le souvenir des éloges qu'elle reçut de nos aïeules, et l'on ne va pas chercher ses volumes sur les rayons de la bibliothèque du vieux château où ils furent lus avec avidité. Il en est de même de Mme de Genlis dont les talents furent dirigés vers la pédagogie, et qui a compté parmi ses élèves le roi Louis-Philippe et sa sœur Madame Adélaïde.

Au dix-neuvième siècle, Mme de Staël occupe une place prépondérante et presque unique. *Corinne* l'a illustrée dans le roman. Son livre sur l'*Allemagne* est, dans le domaine littéraire, une œuvre remarquable. L'universalité de ses connaissances et le caractère viril de son esprit font d'elle une figure à part.

La liste des romancières du dix-neuvième siècle pourrait être longue. En se bornant à celles que désignent leur supériorité et la faveur de leurs contemporains, on citera Mme Sophie Gay et sa fille, Mme de Girardin (1), Mme de Souza, l'auteur d'*Adèle de Sénanges*, la duchesse de Duras, Mme Charles Reybaud.

Mme George Sand a régné sur son époque, en la scandalisant. La comtesse Dash et Mlle Zénaïde Fleuriot se présentent dans cette énumération rapide et forcément incomplète. La comtesse d'Agoult qui s'est illustrée sous le nom de Daniel Stern, a tour à tour abordé le roman, la politique et l'Histoire.

Mme Craven a conquis sa réputation moins par ses romans et des biographies attachantes que par les *Récits d'une sœur*. Ils firent événe-

---

(1) Mme de Girardin, qui s'est distinguée dans le roman, a obtenu de brillants succès par ses poésies et ses pièces de théâtre.

ment et captivèrent toute une génération. On
alla, lorsqu'ils parurent, jusqu'à les interdire
à des jeunes filles et même à des jeunes femmes,
dans la crainte qu'elles ne s'éprissent, à la lecture de ces pages, d'un idéal impossible à rencontrer et dont l'absence troublerait leur vie.
Il faudrait aujourd'hui ordonner ce livre comme
un antidote contre le réalisme d'un temps où
les rêves s'inspirent non des sentiments profonds et des délicatesses du cœur, mais des
jouissances matérielles que procure la fortune.

Nous mesurons par de telles comparaisons
la distance qui sépare cette époque de la nôtre.

Mme Caro et Mme Octave Feuillet ont su
briller, même auprès des écrivains dont elles
ont porté le nom et partagé la vie.

Les romans qui ont eu pour auteurs des
femmes n'ont pas échappé à la loi commune.
Ils ne remportent que des succès, la plupart
éphémères. Peintures et reflets de leur temps,
ils sont condamnés, — sauf des exceptions
assez rares, — à ne pas lui survivre.

III

Si du roman nous passons à l'Histoire, nous aurons peu de choses à dire des femmes. L'Histoire générale ne les attire pas, et ne convient guère à leur peu de goût pour la compilation et les aperçus profonds.

Il n'en est pas de même de la biographie. L'attention y est concentrée non sur une époque, sur une nation, mais sur une seule figure. La biographie se prête aux petits détails et à une Étude intime.

Les Mémoires n'ont pas le caractère d'un livre d'Histoire. On y raconte ce qu'on a vu, et l'on s'y peint soi-même, en parlant des autres. Le naturel en constitue le principal attrait, et les anecdotes font souvent mieux connaître une époque que de longs ouvrages, conçus d'après un plan méthodique.

Les femmes retrouvent dans ce genre d'écrits, comme dans le style épistolaire, leurs dons naturels et leurs qualités natives. L'Histoire n'est plus alors pour elle que celle de leur propre vie; elles peuvent s'y montrer avec l'aisance, la grâce familière qu'elles déploient dans la causerie.

Les Mémoires, dus à des plumes féminines, sont au nombre des plus agréables que nous possédions. Ils savent peindre des événements, des caractères, des personnalités.

Mme de Motteville, témoin si informé de tout ce qui concerne Anne d'Autriche, a laissé des Mémoires, souvent cités, et où la forme sérieuse du récit nous ramène à la gravité de l'Histoire.

Des princesses n'ont pas dédaigné d'écrire leur vie dans des pages auxquelles leur rang donnait du prix. La Grande Mademoiselle l'a fait dans un style prolixe et diffus. Avant elle, Marguerite de Valois, première femme

d'Henri IV, avait raconté son aventureuse exis‑
tence dans des Mémoires qui nous offrent une
des images du seizième siècle. Instruite et let‑
trée comme beaucoup de femmes de son temps,
elle était assez experte en l'art de manier la
plume.

Mme de Caylus a parlé avec sa grâce mali‑
cieuse du règne de Louis XIV et de Mme de
Maintenon. Spirituelle et piquante, Mme de
Staal de Launay nous introduit chez la duchesse
du Maine. Mme d'Épinay fait revivre le dix-
huitième siècle dont elle est une des personni‑
fications les plus connues.

Mme Vigée-Lebrun n'a pas seulement fixé
les traits de ses contemporains sur les toiles
qu'ont immortalisées son pinceau; elle a re‑
tracé, dans d'attachants *Souvenirs,* les figures
et les événements de son époque; pages écrites
avec naturel et avec grâce, elles nous initient à
sa longue et brillante carrière d'artiste.

Mme Roland, victime de la Révolution qu'elle
avait acclamée, éveille la curiosité plus que la

sympathie dans les Mémoires qui reflètent les orages de son temps.

L'héroïsme des guerres de Vendée a eu un éloquent interprète en Mme de La Rochejaquelein. La duchesse d'Abrantès décrit la personne et la cour de Napoléon Ier. Les médisances de Mme de Rémusat ont su se frayer un passage à travers l'épopée impériale dont les revers sont racontés avec une émouvante simplicité par la maréchale Oudinot qui nous introduit à la cour de la Restauration.

J'arrête ici ce rappel des noms féminins qui ont enrichi les annales de notre Histoire, et dont la liste s'augmentera dans l'avenir.

Mlle de Gournay et Mme Dacier se distinguent par un savoir, une érudition qui leur assignent une place spéciale parmi les femmes auteurs. Les sciences attirèrent Mme du Chastelet qui passait de la philosophie de Leibnitz à la physique de Newton.

Le domaine scientifique n'est pas celui des femmes en général. Il répugne à la nature de leur esprit comme tout ce qui est positif et réclame une application soutenue.

Les femmes sont naturellement éducatrices. En écrivant pour l'enfance et la jeunesse, elles reviennent à leur véritable rôle. Elles font alors œuvre de mères, en faisant œuvre d'écrivains.

Mme de Lambert, avant de composer des traités de morale, a pris la plume pour ses enfants. Mme Campan, qui dirigea la maison d'Écouen où elle compta d'illustres élèves, est l'auteur d'un *Traité de l'éducation des femmes.*

Nous avons déjà mentionné Mme de Genlis qui s'est acquis un renom comme pédagogue. Mme Guizot, Mme Tastu ont pris rang par des livres destinés à la jeunesse et qui leur ont valu les suffrages des meilleurs juges. La comtesse de Ségur, née Rostopchine, a fait les délices d'une foule de jeunes lecteurs, et de petites lectrices. D'autres encore ont suivi cette voie où l'ambition du succès est inspirée par le désir de former l'esprit et le cœur.

IV

La plume a été souvent tenue avec bonheur par des mains féminines. Une brève énumération vient de nous le prouver.

Le style épistolaire devait être surtout le partage d'un sexe qui excelle dans la causerie. Il a procuré aux femmes plus que des succès, des triomphes! Mme de Sévigné personnifie à elle seule un genre qui n'est supérieur qu'à la condition de n'être pas un art. Elle y est restée sans rivale; mais elle est suivie d'un cortège où l'on aperçoit Mme de Maintenon, la marquise de Villars, Mme du Deffand, Mlle de Lespinasse, la duchesse de Choiseul, la comtesse de Sabran.

Au dix-neuvième siècle, Eugénie de Guérin s'est fait un nom comme épistolière, dans

l'existence retirée en province où elle n'avait
à raconter que de petits événements. Les
lettres d'une étrangère devenue Française,
Mme Swetchine, ont justifié la publicité qu'elles
doivent à M. de Falloux.

Les femmes brillent dans l'art d'écrire par
les dons que le ciel leur a départis. Elles se
rapprochent moins des hommes qu'elles n'en
diffèrent pas leurs facultés de sentir et de
penser. Plus elles auront le charme, moins
elles auront la force. La légèreté de la forme
n'exclut pas chez elles la profondeur du sentiment. L'imagination est leur faculté maîtresse.
De là, leur supériorité dans les fictions, dans
le roman et la poésie.

On jugera par leurs livres de leurs qualités
et de leurs défauts. Prises dans leur ensemble,
les femmes auteurs ne méritent pas les cen-
sures dont elles ont été l'objet. Elles en ont
appelé de l'ostracisme d'adversaires s'ap-
puyant sur les condamnations que Molière a
portées non contre l'instruction, mais contre

la pédanterie, en un temps où, — il ne faut pas l'oublier, — les femmes savantes continuaient les *précieuses* dont notre grand poète comique immortalisa les ridicules.

La Bruyère, parlant de l'ignorance féminine, en félicite ironiquement les hommes. « Ils sont heureux, dit-il, que les femmes qui les dominent par tant d'endroits, aient sur eux cet avantage de moins (1). »

Il proclame la supériorité des femmes dans le style épistolaire :

« Ce sexe va plus loin que le nôtre dans ce genre d'écrire : elles trouvent sous leur plume des tours et des expressions qui souvent en nous ne sont l'effet que d'un long travail et d'une pénible recherche : elles sont heureuses dans le choix des termes qu'elles placent si juste que tout connus qu'ils sont, ils ont le charme de la nouveauté et semblent être faits pour l'usage où elles les mettent. Il n'appartient qu'à elles de faire lire dans un seul mot tout

(1) *Les Caractères.* Des femmes.

un sentiment et de rendre délicatement une pensée qui est délicate. Elles ont un enchaînement de discours inimitable qui se suit naturellement, et qui n'est lié que par le sens. Si les femmes étaient toujours correctes, j'oserais dire que les lettres de quelques-unes d'entre elles seraient peut-être ce que nous avons dans notre langue de mieux écrit (1). »

On ne saurait indiquer en traits plus justes, les agréments du style féminin. L'éloge ne va pas sans restriction. L'auteur des *Caractères* observe ce qui manque parfois aux écrits des femmes : la correction. Ce défaut a son excuse dans le genre épistolaire, fait d'improvisation. Il ne saurait éviter la critique dans les ouvrages qui comportent une étude et sont destinés à l'impression.

La concision n'est pas ce qui distingue le style des femmes. Trop de précision confine à la sécheresse. On a pu reprocher ce défaut à Mme de Maintenon. Mais le style étant l'image

(1) *Les Caractères.* Des ouvrages de l'esprit.

du caractère, celles dont l'esprit est positif écriront comme elles pensent.

Les femmes ont le droit de revendiquer une place importante dans le domaine des lettres. Elles ont fait plus que des livres, elles ont inspiré des chefs-d'œuvre où se reconnaît leur influence. Le théâtre n'existerait pas sans les rôles qu'elles y jouent, et qui ont fourni aux auteurs dramatiques la meilleure part de leur renommée. Le roman leur emprunte son principal élément et perdrait sans elles jusqu'à sa raison d'être. On les voit fréquemment intervenir dans la poésie.

Inspirer, n'est-ce pas aussi créer? A celles qui ont favorisé les conceptions de l'art et de la pensée revient l'honneur d'y avoir collaboré.

Les femmes ont exercé sur beaucoup d'œuvres une action indirecte, mais réelle; elles ont guidé leurs auteurs sur la route où le génie lui-même peut s'égarer, et nous leur sommes redevables de bien des pages qu'elles n'ont pas écrites.

CHAPITRE II

TROIS FEMMES POÈTES

I. Marie de France. — II. Christine de Pisan.
III. Louise Labé.

I

MARIE DE FRANCE

Marie de France est la première de son sexe qui ait écrit des vers français; elle est l'aïeule de la longue lignée dans laquelle ont brillé, après elle, tant de femmes qu'attira la poésie. Un autre titre la désigne à l'attention des lettrés; elle a composé des fables dont quelques-unes ont fourni des sujets à La Fontaine.

Quelque chose de mystérieux enveloppe cette figure voilée par les siècles. On ne sait rien de son origine. Elle prit ce nom de France qui la rattache à notre pays, comme d'autres s'appelaient alors du nom des localités où ils avaient vu le jour. On ignore jusqu'à sa patrie qu'elle ne nous fait pas connaître dans ses vers; mais on a des raisons de supposer qu'elle naquit en Normandie. Sa famille, comme beaucoup d'autres de cette province, passa en Angleterre dont la langue lui est familière.

Contemporaine de Philippe-Auguste, de Louis VIII et de saint Louis, son existence s'est écoulée au treizième siècle. Versée dans la littérature latine, elle a puisé beaucoup de ses inspirations dans les romans de chevalerie du pays de Galles et de la Basse-Bretagne. De son vivant, elle jouissait d'une grande célébrité.

Ses lais soleint as dames plaire

nous dit Pyrame, poète anglo-normand qui vivait à la même époque.

Ces *lais* (1) où se rencontrent des mots anglais, durent être composés en Angleterre, et le roi auquel ils sont dédiés, pourrait bien être Henri III. Le sentiment y domine plus que l'esprit qu'on trouve dans ses fables, écrites dans un français qui dénote une langue encore à son berceau. Ses fabliaux et ses contes (2) seraient presque inintelligibles sans la traduction qu'en a donnée Legrand d'Aussy. Ses œuvres ont été publiées en 1820 par M. de Roquefort.

« Les fables de Marie de France, a dit Sainte-Beuve, touchent déjà au genre satirique, le plus riche sans contredit d'alors (3). »

Ce genre correspondait à l'esprit gaulois, à l'humeur joviale et malicieuse de nos aïeux.

Marie de France a traduit de l'anglais des sujets qu'Ésope avait fait passer du grec en latin. Les contes, les apologues s'inspiraient

(1) Du mot allemand *lied* (chant). Le lai était un genre de poésie en faveur au moyen âge.
(2) 2 vol. in-8°.
(3) *La Poésie française au seizième siècle.*

souvent des mêmes fictions, devenues le patrimoine de l'esprit humain, et que recueillirent
tour à tour les poètes, les écrivains, en leur
imprimant le caractère de leur époque, celui
de leur talent.

Il y a dans l'œuvre de Marie de France de la
finesse et une grâce piquante. Son recueil de
vers : *le dit d'Ysopet* est remarquable en un
temps où la langue, encore à l'état rudimen-
taire, n'offre pas les ressources dont disposent
les écrivains des siècles suivants.

Sa fable *d'un corbel qui prist un fromaige,*
dont le sujet est emprunté à Phèdre, est, avec
peu de différence, celle de La Fontaine : *le
Corbeau et le Renard.* Ce sont les mêmes personnages et la même idée. Entre la version du
treizième siècle et celle du grand fabuliste, il
y a presque identité.

Dans la fable de Marie de France, un corbeau a dérobé un fromage qu'il voyait sur une
fenêtre. Il a été aperçu par le renard qui, pour
s'emparer à son tour du larcin, a recours à la

flatterie. Le corbeau, en chantant, a laissé tomber son fromage. La leçon est donnée par les flatteurs à la vanité. C'est la moralité de la fable qui ressort également de celle de La Fontaine où :

> Le corbeau, honteux et confus,
> Jura, mais un peu tard qu'on ne l'y prendrait plus.

Marie de France est redevable à Ésope du sujet de sa fable *d'un grésillon* (grillon) *et d'un fromi* (fourmi) qui devient dans La Fontaine : *la Cigale et la Fourmi.*

Le chanteur, le grillon, que son imprévoyance a conduit à la mendicité, reçoit un dur accueil de la bonne ménagère. Elle refuse l'aumône à son visiteur. La fourmi de La Fontaine ajoute la raillerie à son refus et invite ironiquement la cigale à danser, après avoir chanté.

La fable *le Renard et le Pigeon,* imitée d'Ésope par Marie de France, et dont j'emprunte la traduction à Legrand d'Aussy (1),

(1) *Fabliaux et contes des douzième et treizième siècles,*

est le thème que développe avec tant d'esprit et de bonheur La Fontaine dans *le Coq et le Renard*.

« Pourquoi te tiens-tu ainsi à l'écart? disait un renard à certain pigeon qu'il voyait perché sur un toit. Descends, viens près de moi, sans défiance. Eh! quoi! Ne sais-tu pas l'ordonnance qui vient d'être publiée? La paix est faite entre les quadrupèdes et les oiseaux; les deux monarques l'ont signée mutuellement, et sous les peines les plus graves, ils ont défendu toute hostilité entre leurs sujets. J'ai lu moi-même l'édit; pigeons et renards peuvent désormais jouer en toute sûreté. Viens donc; ne te fais pas attendre.

« J'y vais, répondit la colombe; mais dis-moi auparavant ce que nous veulent ces deux chasseurs que je vois là-bas avec leurs chiens? — Sont-ils bien éloignés? — Non, ils accourent

---

1781. 4 vol. in-8°. Je continuerai de me servir de cet ouvrage pour la traduction des fables de Marie de France que j'aurai l'occasion de citer.

vers nous au galop, et ils nous auront bientôt
rejoints. — Adieu, nous nous reverrons une
autre fois ; je crains que les hommes, de leur
côté, n'aient publié une ordonnance contraire
à la nôtre. »

La Fontaine a substitué au pigeon

> Un vieux coq adroit et matois.

Il est, en effet, par les instincts de sa race,
plus méfiant et mieux qualifié pour éviter le
piège du renard lui disant :

> Nous ne sommes plus en querelle.
> Paix générale, cette fois !
> Je viens te l'annoncer. Descends, que je t'embrasse.
> Ne me retarde point, de grâce.
> Je dois faire aujourd'hui vingt postes sans manquer.
> Les tiens et toi pouvez vaquer
> Sans nulle crainte à vos affaires.

Le dialogue, prêté aux deux animaux par La
Fontaine, rappelle beaucoup celui qu'imagine
sa devancière. Le coq use du même stratagème
pour mettre en fuite son ennemi :

... Je vois deux levriers
Qui, je m'assure, sont courriers
Que pour ce sujet on envoie :
Ils vont vite, et seront dans un moment à nous.
Je descends : nous pourrons nous entre-baiser tous.
— Adieu, dit le renard ; ma traite est longue à faire :
Nous nous réjouirons du succès de l'affaire
        Une autre fois...

Deux fables nous offrent encore un sujet de comparaison : celle de Marie de France ayant pour titre *d'un homme qui avoit une femme tencheresse* et *la femme noyée* où La Fontaine s'est souvenu de l'œuvre de sa devancière.

Voici dans sa traduction, le texte de la première fable :

« Un vilain, qui avait une femme contrariante et acariâtre, faisait couper les blés. Les moissonneurs fatigués lui demandèrent un peu de vin. C'est ma femme qui le garde, dit-il, adressez-vous à elle, et surtout ne manquez pas de dire que je vous ai refusés.

« L'épouse, pour contredire son mari, leur

en accorde. Mais tout le monde s'étant mis à
rire, elle soupçonne qu'on se moque d'elle,
prend de l'humeur et s'en retourne. Il y
avait un pont à passer; elle tombe dans l'eau,
les moissonneurs aussitôt volent à son secours
et cherchent au-dessous du pont, en suivant le
cours de la rivière.

« Non, cherchez au-dessus, leur crie le
mari; par esprit de contradiction, elle aura
remonté le courant. »

> A sa mort ne fist-elle mie
> Ce que ne volt faire à sa vie.

Cette fable est la satire de l'esprit de contradiction personnifié dans une femme. La Fontaine s'en empare, mais il passe sous silence
l'explication donnée de cette mort par Marie
de France. Il se borne à nous dire que la
femme d'humeur contredisante

> Avait fini ses jours par un sort déplorable.

Le mari de la femme noyée cherche à
retrouver son corps et demande aux prome-

neurs qu'il rencontre s'ils ont aperçu sa trace :

Nulle, reprit l'un d'eux, mais cherchez-la plus bas,
    Suivez le fil de la rivière.
Un autre repartit : non, ne le suivez pas ;
    Rebroussez plutôt en arrière :
Quelle que soit la pente et l'inclination
    Dont l'eau par sa course l'emporte,
      L'esprit de contradiction
    L'aura fait flotter d'autre sorte.

C'est, à peu de différences près, la fable de
Marie de France et le même trait final. La
femme poète du treizième siècle garde le mérite de l'invention. Elle n'est pas créatrice
d'un genre qui existait bien avant elle et
remonte à une haute antiquité. Ésope et
Phèdre en avaient offert des modèles, et il
devait être particulièrement goûté du moyen
âge où les fictions obtenaient la faveur populaire. Il semble fait pour les siècles soumis à
l'empire de la poésie et de l'imagination.
Marie de France appartient à cette époque
d'esprits simples et de croyances naïves où
l'Histoire tient moins de place que la légende.

Les vérités morales y prennent la forme du conte et de l'apologue, et ces vérités pénètrent à la faveur de l'ingénieux mensonge des récits fabuleux.

Nous venons de citer des fables de Marie de France qui ont eu l'honneur d'inspirer La Fontaine. Il en est d'autres où se retrouvent son imagination et sa verve conteuse.

Voici, dans la prose du traducteur, une de ces fables dont le texte original ne serait pas compris de tous les lecteurs :

D'un chevalier et d'un vieil homme.

« Il y avait un vieillard qui avait beaucoup voyagé. Comme d'ailleurs il était plein de sens, on le considérait à la ronde et l'on écoutait volontiers ses conseils. Un jour, certain chevalier du voisinage vint le consulter.

« Prud'homme, lui dit-il, je n'ai rien qui me fixe ici, et je veux vivre heureux. Dites-moi quel est le pays où je dois me retirer pour cela. — Dans celui où l'on voudra vous aimer, répondit le vieillard. — Et si je ne trouvais point de gens qui voulussent m'aimer? reprit le gentilhomme. — Dans ce cas, Sire, je vous conseille d'aller où l'on vous craindra. — Mais enfin si le peuple chez qui je m'établirai n'avait point de raisons pour me craindre. — Eh bien, allez alors où l'on ne vous craindra pas. — Si par hasard je ne pouvais encore trouver ce pays-là, lequel choisirai-je, je vous prie? — Celui, Sire, où vous ne trouverez personne et où personne ne vous trouvera. »

La fable suivante met en scène non plus des hommes, mais des animaux.

Le parlement des oiseaux
pour faire un roi.

« Les oiseaux ayant perdu leur roi s'étaient assemblés dans un grand bois pour lui donner un successeur. Tous se trouvèrent à la Diète, excepté le coucou. On l'entendit chanter à quelque distance de là; sa voix forte et sonore frappa tout le monde. On crut qu'un oiseau qui annonçait tant de vigueur était fait pour gouverner un grand empire, et en conséquence, il fut unanimement élu roi.

« Cependant, avant de lui jurer obéissance, on voulut connaître plus particulièrement ce qu'il était. On dépêcha vers lui, pour s'en assurer, la mésange, renommée entre toutes les volatiles pour être sage et prudente. Celle-ci alla se percher sur l'arbre où il était; elle vola, tourna autour de lui, l'examina bien et fut choquée de l'air niais et ignoble qu'elle lui trouva.

« Ce n'est pas tout. Dans le dessein de l'apprécier plus positivement, elle se plaça au-dessus de sa tête et laissa tomber sur lui son ordure. Le coucou, sans en être plus ému, se contenta de secouer ses plumes.

« Alors, la mésange s'en retourne et va raconter à l'assemblée ce qu'elle a fait. Ce roi-là n'est pas ce qu'il nous faut, dit-elle, car s'il n'a pas osé se venger de moi, que fera-t-il donc quand un autre plus fort l'insultera?

Nous avons besoin d'un chef, robuste et courageux, qui soit en état de faire trembler tous ses sujets et de n'en redouter aucun.

« En parlant ainsi, elle jeta les yeux sur l'aigle et admira la force qu'annonçait cet oiseau, sa haute taille et son regard fier.

« Voici, ajouta-t-elle, le maître qui nous convient. Il porte des armes formidables, il sait supporter longtemps la soif et la faim. Il ne craint pas les combats, et nous pouvons être assurés d'avance qu'il ne redoutera pas de punir l'injustice.

« On crut la mésange; on choisit l'aigle pour roi, et depuis ce temps, il n'a point cessé de l'être. »

Par quelques citations nous avons pu juger l'œuvre de Marie de France qui, en son vieux langage, a su se faire une place dans le genre où La Fontaine est resté sans rival. Elle est la première que nous rencontrons parmi les femmes poètes. Elle a réjoui ses contemporains par des fabliaux, chers au moyen âge.

La morale et la sagesse y empruntent le charme des fictions et le sel du badinage pour réussir auprès des hommes qui veulent être amusés par la fable et bercés par la chanson.

II

Un seul genre n'a pas suffi à Christine de
Pisan; elle a tour à tour abordé l'histoire, la
poésie, la science militaire, la théologie. Elle
a écrit sur tous les sujets, et son universalité
est le défaut de son œuvre qui, plus restreinte,
aurait gagné ce qu'elle a perdu en abondance
et en prolixité. La mauvaise fortune est son
excuse devant la postérité.

Née à Venise, vers 1363, son père, Thomas
de Pisan, médecin, conseiller de la République
vénitienne, fut appelé en France auprès de
Charles V, en qualité d'astrologue.

Les fonctions d'astrologue auprès des
princes ne se bornaient pas à l'étude des
astres et à la science astronomique; elles con-

sistaient à prédire l'avenir, à annoncer des événements, d'après certains indices et, par là, elles dégénéraient en pratiques superstitieuses. On sait quelle faveur l'astrologie obtint auprès de Louis XI et auprès de Catherine de Médicis, précisément à cause de leurs sentiments religieux qui avaient le caractère de la superstition. Thomas de Pisan jouissait comme astrologue d'une réputation qui le désigna au choix de Charles V. Le crédit dont il ne tarda pas à jouir le décida à faire venir auprès de lui sa femme et sa fille, Christine. Elle n'avait alors que cinq ans. Ses premiers regards d'enfant tombèrent sur les pompes de la cour où elle fut élevée et où elle acquit de bonne heure l'usage du monde, dans la fréquentation de la haute aristocratie.

Son éducation fut loin d'être négligée. Elle apprit le latin et le grec; aucune des sciences de son temps ne lui fut étrangère.

Mariée dès l'âge de quatorze ans à un jeune homme de bonne famille, Étienne du Castel,

« de qui, nous dit-elle, les vertus passaient la
richesse », elle resta veuve à vingt-cinq ans,
avec trois enfants à élever.

Charles V était mort en 1380, et avec lui
Thomas de Pisan avait vu s'évanouir les espérances de fortune qui l'avaient attiré en France.
Il mourut vieux et pauvre. Christine n'eut pas
seulement à lui venir en aide ; il lui fallut faire
vivre sa mère qui atteignit un âge avancé. A
ces devoirs se joignaient ceux de l'éducation
de ses enfants. Des procès troublèrent sa vie
et occupèrent les premières années de son
veuvage.

On le voit, de lourds fardeaux pesaient sur
cette jeune femme qui, avec sa plume, lutta
contre les difficultés de l'existence. Dans l'espace de cinq années, de 1399 à 1405, elle
n'avait pas composé moins de quinze volumes,
presque tous en vers.

Ses succès avaient commencé par des *dic-
tiez,* pièces de vers où se succédaient ballades,
virelais et rondeaux. *La Mutation de fortune*

qu'elle présenta comme étrenne, le 1ᵉʳ janvier 1403, au roi Philippe le Hardi, renferme
six mille vers et l'on compte le même nombre
de vers dans le poème intitulé *Chemin de
longue étude,* offert au roi Charles VI. Il y
aurait de quoi effrayer le plus intrépide lecteur.

L'imprimerie n'était pas encore inventée.
Les ouvrages ne pénétraient dans le public
qu'au moyen de reproductions manuscrites, et
le métier de copiste était plus lucratif que celui
d'écrivain. Les auteurs peu fortunés s'en
tiraient avec les dédicaces qui attiraient sur
eux les libéralités royales ou celles de puis-
sants personnages.

Christine de Pisan, qui jouissait d'une
grande réputation, dédia ainsi plusieurs de ses
productions au *duc d'Orléans,* au duc de
Guyenne, au prévôt des marchands.

On peut connaître sa personne par un portrait en miniature, placé en tête d'un manuscrit intitulé *la Cité des dames,* et conservé

à la Bibliothèque nationale. Il montre des traits
réguliers, un visage agréable. Une autre miniature qui existe au Musée Britannique la représente offrant à la reine Isabelle de Ba-
vière ses *Épîtres du débat sur le roman de la
rose*.

Parlant de son extérieur, elle ne s'étend pas
sur les attraits de sa figure et se borne à remercier Dieu de lui avoir donné « corps sans nulle
difformité et assez plaisant et non maladif,
mais bien complexionné ».

Elle gardait dans sa situation précaire le
sentiment de sa dignité, s'efforçant de suppléer
par l'ordre et l'économie à la modicité de ses
revenus. Elle parle de son « mantel fourré de
gris et soubs surcot d'escarlate, non pas souvent renouvelé, mais bien gardé ».

L'intérêt, la sympathie, les faveurs royales
avaient réparé les duretés de la fortune. Le
comte de Salisbury, favori de Richard, roi
d'Angleterre, était venu en France où il appré-
cia le caractère de Christine dont il connaissait

seulement les ouvrages et la réputation. Il emmena avec lui son fils et le fit élever avec le sien.

Henri de Lancastre, devenu roi d'Angleterre, s'efforça d'attirer à sa cour Christine de Pisan ; elle refusa ses offres et celles du duc de Milan qui lui offrait une situation brillante. Elle préféra rester en France, dans sa seconde patrie, où elle était entourée d'estime et de considération.

Philippe, duc de Bourgogne, avait pris à son service son fils aîné, revenu d'Angleterre. C'est à sa sollicitation qu'elle composa la vie de Charles V, *le livre des fais et bonne meurs du bon roy Charles,* dont la première partie était achevée, quand mourut le duc de Bourgogne.

Elle débute en ces termes :

« Sire Dieu, comme mes lèvres, enlumines ma pensée et mon entendement esclaires, à celle fin que ignorance n'encombre mes sens à expliquer les choses conceues en ma mémoire, et soit mon commencement, moyen et fin à la louange de toy souveraine puissance et digneté incircumscriptible, à sens humain non comprenable. »

Christine mettait ainsi sous la protection divine les pages qu'elle écrivait en l'honneur du roi dont elle pleurait la mort et auquel son souvenir restait fidèle. Et elle finissait son livre comme elle l'avait commencé, par ces lignes empreintes d'un profond sentiment religieux :

« Que gloire soit rendue à Dieu, et que son saint nom soit loué, lui qui m'a donné l'intelligence, la santé, le temps et le moyen de traiter une matière si haute ! »

Ses *dicts moraux,* adressés à son fils, sont un petit traité de morale où elle a renfermé les préceptes qui servent à bien vivre et à bien mourir. En voici quelques-uns :

Si tu as estat ou office
Dont tu mêles de justice,
Garde comment tu jugeras,
Car devant le grand juge iras.

Si tu prends femme accorte et sage,
Croy la du faict de son mesnage.
Adjoutes foy à sa parole.
Mais ne te confesse à la folle.

Ne rapportes parolle auculne
De quoy il pust sourdre rancune;
Ton amy rappaise en son ire,
Si tu peulx, par doucement dire.

Ne laisse pas que Dieu servir
Pour au monde trop asservir,
Car biens mondains vont à défin
Et l'âme durera sans fin.

Elle est aussi l'auteur d'*Oraisons à Notre Dame*. Ce sont des prières pour tous où les invocations rimées énumèrent toutes les classes, depuis les rangs les plus élevés jusqu'aux conditions les plus humbles, depuis le roi et la maison royale jusqu'aux simples laboureurs.

L'oraison pour le roi est conçue en ces termes :

O nette, pure et entérine,
De toute bonté la racine,

Pour le roy de France je pri
Qu'en pitié tu oyes le cry
De ses bons et loyaux amis,
A luy santé, paix et logis
Où Dieu à tous ses élus mis.

Christine de Pisan avait, avec courage, mené une vie de labeur. Ni ses vers ni sa prose ne l'enrichirent. On la voit recevoir un secours de 200 livres, en 1411, au nom du malheureux roi Charles VI, tombé en démence.

Un de ses fils avait rencontré sur son chemin d'illustres protecteurs. Un autre végétait sans emploi. Sa fille s'était retirée au couvent des Dames de Poissy où elle consacrait ses jours à la dévotion.

Christine continua-t-elle pendant de longues années sa carrière de femme auteur? On n'a pu fixer la date de sa mort. Elle dut s'éteindre avec sérénité, en murmurant quelques-unes de ses *oraisons à Notre Dame*, et ne doutons pas qu'elle n'ait obtenu le paradis qu'elle avait si souvent souhaité aux autres.

III

Lyon passait à bon droit, au seizième siècle, pour être un centre littéraire. Cette cité, placée entre Paris et l'Italie, s'enorgueillissait de donner le jour à des beaux esprits, à des femmes de grand savoir. On y voyait briller Clémence de Bourges, Jeanne Gaillard, Pernette du Guillet qui réunissaient autour d'elles des hommes instruits, des intelligences cultivées. Les imprimeurs de Lyon étaient célèbres. Clément Marot, qui séjourna dans cette ville, en a vanté les attraits dans ses vers. Il l'appelle « cité de grand'valleur » et parle de ses « enfants pleins de scavoir (1) ». Il dit encore, en évoquant son souvenir :

(1) *Adieux à la ville de Lyon* (1536).

> J'ay trouvé plus d'honnesteté
> Et de noblesse en ce Lyon
> Que n'ay pour avoir fréquenté
> D'autres bestes un million (1).

C'est dans ce milieu propice aux belles-lettres, dans cette ville accueillante aux savants et aux poètes que naissait, en 1525, Louise Charly ou Charlin, connue sous le nom de Louise Labé, et que ses contemporains surnommaient « la Belle Cordière ».

Rien de plus étrange, de plus romanesque que sa jeunesse. En 1542, — elle avait alors dix-sept ans, — elle se sent entraînée par une ardeur belliqueuse et s'enrôle dans l'armée où elle revêt l'armure guerrière. C'était l'époque de la rivalité de François Ier et de Charles-Quint. Louise Labé se signala par son courage au siège de Perpignan qui fut levé après trois mois de résistance et où cette nouvelle amazone étonna les assiégeants dont elle partageait les

(1) *De la ville de Lyon* (1538).

fatigues et les dangers. On la désigna sous le nom du « capitaine Loys ».

> Elle sembloit parmi l'armée
> Un Achille ou un Hector,

nous dit un poète du temps. Elle reçoit alors plus d'un hommage en vers. Le spectacle, offert par elle, était, certes, peu banal. La présence d'une jeune fille dans les camps pouvait prêter à la médisance. Ses admirateurs nous assurent cependant que sa réputation fut intacte, et nous ne demandons pas mieux que de les croire sur parole. Il paraîtrait cependant qu'elle aurait ressenti une inclination pour un homme de guerre dont on ignore le nom.

Ces débats promettaient des aventures qui n'eurent pas lieu. Le roman de cape et d'épée se termina prosaïquement par un bon mariage. Louise Labé épousa un homme beaucoup plus âgé qu'elle, un marchand cordier de la ville de Lyon qui s'appelait Ennemond Perrin. Il était riche, ce qui ne gâte rien, et s'il n'égalait

pas sa femme, sous le rapport de l'esprit, il
eut le bon goût, lorsqu'il la laissa veuve, en
1565, de l'instituer son héritière. C'était la
meilleure preuve qu'il ne croyait pas avoir eu
à se plaindre d'elle, et au témoignagne des
contemporains, cette union, malgré la différence d'âge, semble avoir été heureuse. Les
succès d'esprit et de beauté de Louise Labé
l'exposèrent à de méchants propos, et des écrivains jaloux cherchèrent à ternir sa bonne
renommée. Mais son mari prit toujours parti
contre eux, et bon nombre de ses concitoyens
expriment l'opinion la plus favorable sur son
compte.

L'un d'eux nous dit qu'elle avait « la face
plus angélique qu'humaine. Mais ce n'était
rien, ajoute-t-il, en comparaison de son esprit
tant poétique, tant rare en scavoir (1) ».

Ce savoir était en effet très étendu. Elle avait
appris le latin, écrivait en italien et en espagnol. L'Histoire lui était aussi familière que la

(1) Paradin, _Histoire de Lyon._

poésie, et elle était bonne musicienne. Il y
avait de quoi justifier les louanges qui ne lui
manquèrent pas.

La fortune qu'elle devait à son mariage lui
permit d'exercer une large hospitalité. Son
. hôtel à Lyon ressemblait à ce que fut plus tard
à Paris celui de Mme de Rambouillet. Les
hommes de lettres s'y donnaient rendez-vous,
et les entretiens y étaient à la hauteur de la
maîtresse de maison et de ses visiteurs.

Clémence de Bourges, dont les poésies ne
furent connues qu'après sa mort prématurée,
était assidue à ces réunions. Louise Labé s'était
liée avec elle, doublement attirée par la
sympathie des caractères et la communauté
des goûts. Elle protestait contre le préjugé
qui condamne les femmes instruites, en les
confondant avec les femmes pédantes. « Estant
le tems venu, écrivait-elle à Clémence de
Bourges, que les sévères lois des hommes
n'empêchent plus les femmes de s'appliquer
aux sciences et disciplines, il me semble que

celles qui ont la commodité, doivent employer
cette honneste liberté que notre sexe a autrefois
tant désirée, à icelles apprendre, et monstrer
aux hommes le tort qu'ils nous font en nous
privant du bien et de l'honneur qui nous en
pouvaient venir. »

Le Chrysale de Molière, s'il avait vécu alors,
n'aurait pas manqué à Lyon de femmes capables de lui tenir tête. Louise Labé n'était pas
la seule, parmi elles, à ne pas se contenter de
bonne soupe, et à aimer le beau langage. Ses
talents et son savoir s'étaient développés dans
le milieu littéraire qu'elle trouvait à Lyon; ils
étaient aussi le fruit de son éducation, et cette
éducation avait été très soignée.

Entourée d'honneurs, d'hommages de considération, son sort pouvait paraître digne d'envie. Son existence ne se prolongea guère au
delà de celle de son mari qu'elle suivit dans la
tombe, en 1566. Par son testament, écrit un
an avant sa mort, elle demandait à être inhu-
mée sans pompe, « à la lanterne », c'est-à-dire

la nuit, avec quatre prêtres. Elle léguait une somme de mille livres aux pauvres, dotait trois filles indigentes de 50 livres chacune, et n'oubliait pas ses serviteurs.

Ses œuvres ont été réimprimées en 1823 à Lyon (1). Elles renferment des élégies et des sonnets. *Le Débat de folie et d'amour* est une pièce à six personnages avec cinq actes en discours. Le sujet a inspiré une des fables de La Fontaine (2).

Dans une de ses élégies, Louise Labé se vante d'avoir éconduit ses nombreux soupirants :

> Maints grans seigneurs à mon amour prétendent,
> Et à me plaire et servir prets se rendent.
> Joûtes et jeux, maintes belles devises,
> En ma faveur sont par eux entreprises,
> Et néanmoins tant peu je m'en soucie,
> Que seulement ne les en remercie.

Ce superbe dédain fait honneur à la vertu de

(1) Un vol. in-8°. Une notice, composée d'après les précédentes, est placée en tête du volume.
(2) *L'amour et la folie.*

la « Belle Cordière » . Elle exprime de tout autres
sentiments dans ses sonnets où respire la passion. Ce n'était, sans doute, qu'un thème poétique, et Louise Labé, en les imprimant (1) du
vivant de son mari, prouvait que celui-ci n'avait
aucun sujet d'en être offensé. On a même sup-
posé qu'il était lui-même l'objet de ces vers
enflammés.

Dans un de ses sonnets, elle prend son luth
pour confident de ses rêves et de ses peines :

> Luth, compagnon de ma calamité,
> De mes soupirs témoin irréprochable,
> De mes ennuis contrôleur véritable,
> Tu as souvent avec moy lamenté.
>
> Et tant le pleur piteux t'a molesté
> Que commençant quelque son délectable,
> Feignant le ton que plein avoit chanté.
>
> Et si tu veux efforcer au contraire,
> Tu te destens et si me contreins taire :
> Mais me voyant tendrement soupirer,

---

(1) Ses œuvres, imprimées pour la première fois en 1555,
ont atteint, en 1824, leur sixième édition.

Donnant faveur à ma tant triste pleinte :
En mes ennuis me plaire suis contreinte,
Et d'un dous mal douce fin espérer.

Louise Labé fut tout à la fois une femme savante et une femme poète; elle posséda le double empire de l'esprit et de la beauté. Son ascendant sur la société de son époque est justifié, et l'on ne s'étonne pas que, supérieure à tant de titres, elle fût un astre qui devait toutefois pâlir avec le temps. Si elle n'est pas du nombre des oubliées, elle n'apparaît plus que comme une figure voilée par les siècles.

Un de nos grands critiques lui rend la justice à laquelle son rôle et son influence lui ont donné droit.

« Nous avons trop négligé Louise Labé, dit Sainte-Beuve, parce qu'en étudiant au seizième siècle le mouvement et la succession des écoles, on la rencontre très peu. C'est une gloire et un charme de plus pour une muse de femme de ne pas avoir rang dans la mêlée et de ne pas intervenir dans ces luttes raisonneuses.

« Louise Labé fut un peu de son temps comme Mme Tastu, comme Mme Valmore du nôtre. Sont-elles classiques, sont-elles romantiques? Elles ne le savent pas bien; elles ont senti, elles ont chanté, elles ont fleuri à leur jour. On ne les trouve que dans leur sentier et sur leur tige (1). »

(1) *Portraits contemporains*, t. V. — Sur Louise Labé, voir aussi FAGUET, *Histoire de la littérature française depuis ses origines jusqu'à nos jours;* t. Iᵉʳ, *Ronsard*.

CHAPITRE III

FEMMES POÈTES AU SEIZIÈME SIÈCLE (1).

I

Ne nous étonnons pas de rencontrer, au seizième siècle, beaucoup de femmes maniant la plume avec grâce. Le siècle de la Renaissance, si propice à tous les arts, devait inviter à la poésie. Il appelait les intelligences à toutes les études, et la Réforme, en ouvrant de nouvelles perspectives aux esprits, avides et indépendants, provoquait un besoin de s'instruire dont s'alarmait l'orthodoxie.

Les reines, les princesses donnaient l'exemple. Elles rivalisaient avec les érudits, les

(1) Léon FEUGÈRE, *Femmes poètes au seizième siècle*, in-8°. Paris, 1860.

poètes, les lettrés qu'elles attiraient à leur
cour, et dont elles recevaient, en échange,
des hommages qui ont éternisé leur souvenir.

Marguerite de Valois, reine de Navarre,
sœur de François Ier, est au premier rang des
femmes savantes de son temps. Le latin, l'italien et l'espagnol lui sont familiers; elle apprend
le grec et l'hébreu. On la voit aborder tour à
tour l'Écriture sainte, la théologie et la philosophie, et l'un de ses correspondants, Briçonnet,
évêque de Meaux, lui écrit un jour, en s'éton-
nant de son activité intellectuelle :

« Madame, s'il y avait au bout du royaume
un docteur qui, par un seul verbe abrégé peust
apprendre toute la grammaire, autant qu'il est
possible d'en scavoir, et un autre de la rhétorique, et un autre de la philosophie, et aussy
des sept arts libéraux, chascun d'eulx par un
autre verbe abrégé, vous y courriez comme
au feu. »

Cette princesse, si laborieuse et si univer-
selle, cultivait la poésie. Ses vers ne suffi-

raient pas pour assurer sa réputation; ils annoncent plus de facilité que de talent. Elle est plus connue par l'*Heptaméron,* et ses contes, par la hardiesse des sujets et de l'expression, la feraient juger injustement, si l'on ne se reportait à son époque où régnait l'esprit gaulois (1).

Sa fille, Jeanne d'Albret, mère de notre Henri IV, la rappela, par son instruction variée. Joachim du Bellay lui adressait des vers; elle y répondait par des épîtres (2) et en recevait de Clément Marot dont le badinage charmait les cours où étincelait sa verve poétique.

Une fille de François Ier, Marguerite de France (3), montra, dès son enfance, une ardeur singulière pour tout ce qui caractérise la Renaissance. Le grec et le latin ne lui étaient pas étrangers. A la cour de Savoie où

(1) Du Verdier, un de ses contemporains, nous dit qu'elle portait « en un corps féminin un cœur héroïque et viril ».

(2) *OEuvres de Joachim du Bellay,* édit. Marty-Laveaux. 1866, t. II, p. 296 et suiv.

(3) Née en 1523, morte en 1574, mariée au duc de Berry, puis au duc de Savoie.

l'appela son second mariage, elle attirait les
jurisconsultes et les hommes de lettres, et sa
charité lui valut le beau nom de « mère des
peuples ».

Une autre Marguerite, Marguerite de Valois,
femme d'Henri IV, qui a laissé des Mémoires
où elle raconte une partie de son existence
agitée, se livrait à la poésie. Elle savait le
latin au point de comprendre à merveille les
discours qu'on lui adressait dans cette langue,
et d'y répondre comme elle le fit, en recevant
la députation qui vint annoncer à son frère
Henri, alors duc d'Anjou, son élection au trône
de Pologne :

« Lorsque les Pollonnois, raconte Brantôme,
luy vinrent faire la révérence, il y eut l'eves-
que de Cracovie, le principal et le premier de
l'ambassade, qui fit l'harangue pour tous, et
en latin, car il estoit un scavant et suffisant
prélat. La reyne luy respondit si pertinemment
et si éloquemment, sans s'aider d'aucun tru-
chement, ayant fort bien entendu et compris

sa harangue, que tous entrèrent en si grande admiration que d'une voix ils l'appellèrent une seconde Minerve ou déesse d'éloquence (1). »

C'est encore Brantôme qui décerne à son style épistolaire des louanges qui pourront paraître suspectes de flatterie :

« Si elle sçait bien parler, elle sçait autant bien écrire. Ses belles lettres, que l'on peut voir d'elle, le manifestent assez; car ce sont les plus belles, les mieux couchées soyent pour estre graves que pour estre familières, qu'il faut que tous les grands escrivains du passé et de nostre temps se cachent, et ne produisent les leurs quand les siennes comparoistront, qui ne sont que chansons auprès des siennes. Il n'y a nul que, les voyant, ne se mocque du pauvre Cicéron avecque les siennes familières. Et qui en pourroit faire un recueil, et d'elles et de ses discours, ce seroit autant d'escole et d'apprentissage pour tout le monde : dont ne s'en faut esbahyr, car, de soy, elle a l'esprit

(1) *Vies des dames illustres.*

bon et prompt, un grand entendement, sage
et solide (1). »

Catherine de Bourbon (2), fille de Jeanne
d'Albret et sœur d'Henri IV, ne se montrait
pas inférieure aux princesses de sa race. Elle
étonnait par sa précocité, et composait des
vers, âgée de douze ans à peine.

La poésie était en honneur dans la haute
aristocratie de cette époque. Les plus grandes
dames prenaient rang, parmi les muses.
Catherine de Clermont, femme du maréchal
duc de Retz, et gouvernante des enfants de
France, faisait des vers, écrivait d'une manière remarquable, en français et en latin. Elle
traduisit, en 1573, à Charles IX, la harangue
des ambassadeurs polonais qu'avait émer-
veillés Marguerite de Valois, et leur répondit
dans la même langue. Elle possédait l'Histoire, les mathématiques, la philosophie.

(1) *Vies des dames illustres.*
(2) Née en 1558, morte en 1604, mariée au duc de Bar,
de la maison de Lorraine.

Avant elle, Mme d'Entragues avait charmé Louis XII par ses rondeaux et ses ballades.

Mme de Villeroy, né de l'Aubespine, traduisit en vers les épîtres d'Ovide, et Henriette de Clèves, fille du duc de Nevers, écrivit une traduction de l'*Aminte* du Tasse. Anne de Graville, fille de l'amiral, mit en vers la *Théseide* de Boccace.

Antoinette de Vernon, dame de Téligny, s'acquit de la réputation par ses poésies.

Anne Séguier, mariée au petit-fils du chancelier Duprat, se distingue parmi les femmes de son temps; elle compose en vers des œuvres chrétiennes.

Madeleine Deschamps, femme du contrôleur général Servin, cultive avec talent la poésie française; elle est assez savante pour écrire en grec et en latin.

De nombreux exemples nous ont déjà montré combien l'éducation donnée aux femmes du seizième siècle leur donnait une instruction étendue. Elle devait naturellement les con-

duire à composer en prose et en vers des
œuvres qui leur conféraient quelque célébrité.
Ce n'était pas ce qu'ambitionnaient la plupart
d'entre elles. Loin de chercher l'éclat, elles
préféraient souvent rester dans l'obscurité, et
leurs écrits, connus d'un petit nombre, n'af-
frontaient pas le jour de la publicité.

Tels furent ceux de Diane Symon, que l'on
recherchait vers 1570, à Paris, et qui circu-
laient sans être livrés à l'impression. A la
même époque, des femmes auteurs attiraient
l'attention de la capitale où elles résidaient et
où elles étaient nées. De ce nombre était Jacqueline de Miremont, d'une noble extraction,
dont la verve poétique et facile produisait un
long poème, tout en quatrains, et intitulé *la
Part de Marie, sœur de Marthe.*

Anne de Lantier, dame de Champ-Baudouin,
brillait par son savoir, était versée dans les
mathématiques, et sa plume s'exerçait tour à
tour dans la prose et dans les vers.

En 1582 paraissaient les œuvres poétiques

de Suzanne Habert. Nicole Estienne, de la famille des célèbres imprimeurs, publiait *les Misères de la femme mariée* et présentait la « défense pour les femmes contre ceux qui les méprisent ». Elle prenait parti pour l'instruction féminine, et à son tour Modeste Dupuis, plaidait la cause de son sexe qui semble victorieuse dans ce siècle de la Renaissance qui enfantait tant de femmes savantes et de femmes poètes.

II

Ce n'est pas seulement à la cour, à Paris que l'on voyait alors des femmes tenir la plume, cultiver la poésie. Il n'était pas rare d'en rencontrer des exemples en province.

En Mâconnais, c'est Philiberte de Fleurs écrivant les *Soupirs de la viduité;* en Anjou, Mme Desjardins dont Joachim du Bellay, bon juge en poésie, vante les sonnets; Esther de Beauvais qui rivalise avec Béroald de Virville.

Si nous nous transportons dans le Languedoc, nous trouvons Marguerite de Cambis, baronne d'Aigremont. Elle traduit en vers français des œuvres italiennes, et c'est une traduction de Boccace qu'entreprend, à Bourges, Jeanne de la Fontaine à laquelle sont consacrés des vers de Jean Second.

Georgette de Montenay édifie la cour de Navarre par ses poésies religieuses : les *Emblèmes chrétiens*.

Deux femmes du même nom, Anne et Catherine de Parthenay, sont poètes, et la première dont le talent est admiré de Clément Marot, a une émule dans sa nièce Catherine. Celle-ci, femme du baron de Pont, massacré à la Saint-Barthélemy, épousa, en seconde noces, le vicomte de Rohan, prince de Léon. Elle écrivait en latin, et abordait le genre tragique. Elle fit représenter, en 1573, à la Rochelle, *Judith et Holopherne,* tragédie dont elle est l'auteur. Elle a composé des élégies sur les calvinistes qui périrent à la Saint-Barthélemy, et on lui doit une apologie d'Henri IV où elle déplore ainsi la fin d'un grand roi et d'un grand règne :

Regrettons, soupirons cette sage prudence,
Cette extrême bonté, cette rare vaillance,
Ce cœur qui se pouvait fléchir et non dompter ;
Vertus de qui la perte est pour nous tant amère,
Et que je puis plutôt admirer que chanter,
Puisqu'à ce grand Achille il faudrait un Homère.

Jadis pas ses hauts faits nous élevions nos têtes.
L'ombre de ses lauriers nous gardoit des tempêtes.
Qui combattoit sous lui méconnaissait l'effroi.
Alors nous nous prisions, nous méprisions les autres,
Étant plus glorieux d'être sujets du Roi
Que si les autres Rois eussent été les nôtres.

Pour les unes, la poésie est un passe-temps, pour les autres une consolation. Gabrielle de Coignard, mariée au sieur de Miremont, président au Parlement de Toulouse, confiait à sa lyre les regrets de son veuvage, et ses œuvres, publiées un an après sa mort (1), respirent la gravité de ses pensées et de sa vie.

Les femmes poètes que l'on trouve alors dans les contrées du centre et du nord de la France, demandent, le plus souvent, leurs inspirations à la foi religieuse et au calme du foyer. Le Poitou nous offre un de ces modèles de vertus familiales, unies au savoir, dans Madeleine Neveu, née à Poitiers en 1530, et qui épousa un gentilhomme breton, fort ins-

(1) *OEuvres chrétiennes de feue dame Gabrielle de Coignard*, in-12. 1595.

truit, lui aussi, François de Fradonnet, seigneur des Roches. Elle avait appris le grec, le
latin et l'italien, et traduisait Claudien avec sa
fille, Catherine. Sa maison, nous dit Scévole de
Sainte-Marthe, était « une académie de science
et de vertu ». La magistrature et les lettres se
donnaient rendez-vous dans son salon.

Etienne Pasquier, qui le fréquentait, écrivit
un jour, après une de ces réunions où l'on
conversait sur tous les sujets, un distique latin
en l'honneur de la mère et de la fille, dont la
touchante intimité ne connut pas les douleurs
de la séparation, car toutes deux moururent le
même jour de la peste, à Poitiers, en 1587.

Catherine des Roches instruite par sa mère,
qu'on accusait d'aimer mieux écrire que filer,
et dont les rimes encourageaient les siennes,
adressa ce sonnet à sa quenouille :

Quenouille, mon souci, je vous promets et jure
De vous aimer toujours et jamais ne changer
Votre honneur domestic pour un bien étranger,
Qui erre constamment et fort peu de temps dure.

Vous ayant au côté, je suis beaucoup plus sûre
Que si encre et papier se venaient arranger
Tout à l'entour de moi, car pour me revenger
Vous pourriez bien plutôt repousser une injure.

Mais, quenouille, m'amie, il ne faut pas pourtant
Que pour vous estimer et pour vous aimer tant,
Je délaisse du tout cette honnête coutume

D'écrire quelquefois ; en écrivant ainsi,
J'écris de vos valeurs, quenouille, mon souci,
Ayant dedans la main le fuseau et la plume.

Ce n'était pas sans raison qu'on appelait
« le temple des muses » une autre maison,
celle d'Antoinette de Loynes, née à Paris, mariée à Jean de Morel, orateur et poète. Ses trois
filles faisaient assaut d'esprit et de vers. Une
telle unanimité dans la poésie pouvait être
l'œuvre de l'éducation et de l'hérédité.

Les femmes poètes naissaient naturellement
dans les centres littéraires comme Lyon où
nous est apparue Louise Labé. Autour de cet
astre gravitaient des constellations parmi lesquelles on remarquait Jeanne Flore, Jeanne

Creste, Jacqueline Stuard, Marie de Pierre-
Vive, dame du Pérou, et deux sœurs : Claudine
et Sibylle Scève.

Clémence de Bourges brillait dans cette
pléiade, et méritait le titre de muse par son
double talent de poète et de musicienne ; mais
elle disparaissait au matin de sa vie, en 1562,
frappée au cœur par la mort de Jean de Peyrat
qu'elle devait épouser, et qui périt en combattant les protestants. Ses funérailles eurent un
caractère touchant et poétique. Le visage découvert, le front couronné de fleurs, on exposa
son corps qui traversa ainsi les rues de la ville
où l'on déplorait sa fin prématurée.

Une autre femme, Pernelle du Guillet, née
à Lyon, en 1520, unissait, comme Clémence
de Bourges, la musique à la poésie, parlait
avec facilité plusieurs langues, et l'on se plai-
sait à entendre sa voix qu'accompagnait son
luth.

Elle répond ainsi aux louanges que lui
adressait un écrivain :

Par ce dizain clairement je m'accuse
De ne savoir les vertus honorer.
Fors du vouloir qui est bien maigre excuse ;
Mais qui pourroit par écrit décorer
Ce qui de toi se peut faire adorer ?

Je ne dis pas, si j'avois ton pouvoir,
Qu'à m'acquitter ne fisse mon devoir,
A tout le moins du bien que tu m'avoues :
Prête-moi donc ton éloquent savoir
Pour te louer ainsi que tu me loues (1).

Le Vivarais comptait parmi ses illustrations Marie de Romieu qui chanta son pays dans ses vers, et dont les œuvres furent publiées en 1581, par Jacques de Romieu son frère, poète comme elle. Dans son *Discours sur l'excellence de la femme* elle ne revendique pas pas seulement pour son sexe les vertus qu'on lui accorde volontiers, mais le courage et le savoir qu'on lui conteste. Elle mourut vers 1584, ayant écrit un *Éloge de la rose* qu'elle associe à sa tombe :

---

(1) Son mari, Antoine du Moulin, recueillit ses œuvres après sa mort.

Quand le jour adviendra de mon dernier vouloir,
Je veux par testament expressément avoir
Mille rosiers plantés près de ma sépulture,
Afin que grandissant, ils soient ma couverture,
Puis l'on mettra ces vers engravés du pinceau
En grosses lettres d'or, par-dessus mon tombeau :

« Celle qui gît ici, sous cette froide cendre,
Toute sa vie aima la rose fraîche et tendre,
Et l'aima tellement qu'après que le trépas
L'eût poussée à son gré aux ondes de là-bas,
Voulut que son cercueil fût entouré de roses
Comme ce qu'elle aimait par-dessus toutes choses. »

L'influence de Ronsard, si puissante alors, animait d'un souffle poétique toute une époque, et les femmes de la Renaissance la ressentaient en traçant des vers qui accusent les incorrections et les inexpériences de la langue que n'avait pas encore disciplinée le dix-septième siècle.

Leurs œuvres, même médiocres, témoignent de ce goût pour la versification qui revêt des formes diverses, et où l'on trouve de gracieuses inspirations, dues aux douceurs du foyer ou à la plainte des jours mélancoliques.

On a vu combien l'instruction des femmes
du seizième siècle était développée, combien
la connaissance du latin et des langues étrangères s'alliait fréquemment chez elles aux
agréments de l'esprit et au charme des talents.
Le savoir allait jusqu'à l'érudition. Les reines,
les princesses donnaient l'exemple et pouvaient converser ou correspondre avec les
hommes les plus remarquables de leur temps,
les attirant à leur cour, prodiguant aux artistes,
aux poètes, aux savants les encouragements et
les bienfaits.

Ce fut l'honneur de cette époque ensan-
glantée par les guerres religieuses et les dis-
cordes civiles, de montrer des femmes auxquelles ne suffisaient pas la grâce et le sourire,
qu'on vit s'élever vers les sommets de l'intelligence, et qui sur la route sombre et tragique,
jetèrent les fleurs de la poésie.

CHAPITRE IV

MADAME DESHOULIÈRES ET MADAME DUFRÉNOY

I

Il existe à Chantilly un portrait de Mme Deshoulières, de l'école française du dix-huitième siècle, postérieur au temps où elle vécut. Il représente une gracieuse figure qu'accompagne un paysage où celle qui composa d'agréables petits vers, apparaît assise auprès d'une houlette, et ayant à ses côtés deux moutons.

Ces moutons sont devenus inséparables de son nom, de son souvenir. Ils hantent les mémoires d'où s'est effacée son œuvre poétique. On peut dire qu'ils lui ont fait du tort auprès de la postérité qui voit en elle une

bergère enrubannée, tenant à la main sa houlette, vrai sujet de trumeau.

L'on répète instinctivement, quand on la
nomme, ces vers trop connus :

> Dans ces prés fleuris
> Qu'arrose la Seine,
> Cherchez qui vous mène,
> Mes chères brebis.

Mme Deshoulières est condamnée à l'idylle,
malgré elle. Si l'on veut être juste, on lui
assignera, dans un rang secondaire, une place
suffisante pour échapper à l'oubli.

Née en 1633, elle était fille de Melchior du
Ligier de la Garde, maître d'hôtel d'Anne d'Autriche, et reçut une éducation assez brillante
pour lui avoir appris le latin, l'italien et l'espagnol. Sa beauté ne prêta pas à la médisance,
et son cœur ayant parlé en faveur d'un Poi-
tevin, M. Deshoulières, lieutenant-colonel d'in-
fanterie, au service du grand Condé, elle s'unit
à lui par les liens du mariage, remplissant ses
devoirs d'épouse et de mère avec une régula-

rité dont ne la détourna ni la poésie, ni le monde où elle était recherchée.

Pendant les absences de son mari que réclamaient ses devoirs militaires, elle étudiait Descartes et Gassendi qui n'ont rien de romanesque. Le ménage partagea la disgrâce de Condé et paya de sa fortune les fautes de la Fronde. Ses biens furent confisqués par le cardinal de Richelieu, et Mme Deshoulières mit tant d'insistance à les réclamer avec l'arriéré des appointements de son mari qu'elle avait suivi à Bruxelles, dans son exil, qu'on lui donna pour prison un château situé dans les environs de Malines. M. Deshoulières parvint à la délivrer, avec l'aide de soldats dévoués. Le roi et la reine mère pardonnèrent aux sujets rebelles, et, rentrée en France, la femme poète put être un des ornements de l'hôtel de Rambouillet.

Dans ce cénacle que présidait l'incomparable *Arténice,* au milieu duquel trônait Julie d'Angennes qui devait être la duchesse de Montausier, Mme Deshoulières ne paraissait pas indigne de converser avec les deux Corneille. Elle faisait assaut d'esprit avec Voiture, d'érudition avec Ménage, gagnait les suffrages de Pellisson, de Quinault, de Benserade, et l'amitié de Mascaron et de Fléchier.

Ses vers lui obtenaient les lauriers de la couronne que lui envoyait la ville d'Arles. L'académie de Padoue lui décernait un diplôme. Il y avait de quoi tourner un peu la tête. Si celle de Mme Deshoulières ne tourna pas, son goût littéraire fléchit dans la querelle qui arma Pradon contre Racine. Ce n'est pas impunément qu'elle avait fréquenté Voiture et respiré l'air des *Précieuses,* ridiculisées sur la scène par Molière. Elle prit parti pour la *Phèdre* de Pradon et crut devoir apporter à sa cabale l'appui d'un mauvais sonnet qui ne lui porta pas bonheur.

Une chute complète accueillit ses deux pièces de théâtre : *Jules-Antoine* et *Genséric.*

Racine n'avait pas oublié les attaques de
Mme Deshoulières qui, comme auteur dramatique, se couvrait du nom du duc de Nevers,
et à son tour, il décocha un sonnet où se
lisaient ces vers :

> Vous vous cachez, en donnant cet ouvrage,
> C'est fort bien fait de se cacher ainsi.
> Mais pour agir en personne fort sage,
> Il nous fallait cacher la pièce aussi.

Le sévère Boileau, ne pouvait goûter le
genre de Mme Deshoulières, et le grand satirique souriait dédaigneusement de ses succès
de salon. Mme de Sévigné la jugeait avec plus
d'indulgence.

« Nous vous envoyons, écrit-elle le 22 décembre 1688 à sa fille, des vers de Mme Deshoulières que vous trouverez bons. »

La gloire littéraire ne préserva pas Mme Deshoulières des difficultés matérielles. Sa fortune, de plus en plus chancelante, la réduisit
à solliciter des secours de la cassette royale.
Elle survivait à son mari quand elle succomba,

6

en 1694, aux atteintes d'une maladie de lan-
gueur (1).

On a réuni à ses œuvres celles de sa fille (2),
dont le talent s'est essayé dans l'ode, l'épître
et le madrigal.

Par sa génération et son éducation, Mme Deshoulières se rattache à l'école littéraire qui
précéda le grand siècle de Louis XIV, et eut
pour représentants les beaux esprits de l'hôtel
de Rambouillet, personnifiée dans Saint-Evre-
mond avant de finir par La Motte et Fontenelle.

« Un double caractère de cette petite école,
observe Sainte-Beuve, est d'être à la fois en
arrière et en avant, de tenir à l'âge qui s'en va
et au siècle qui vient, d'avoir du précieux et
du hardi, enfin de mêler dans son bel esprit
un grain d'esprit fort (3). »

Mme Deshoulières, dont la réputation ne

---

(1) Gustave MERLET, *Causeries sur les femmes et les
livres.* Paris, 1865, in-12.

(2) *OEuvres choisies de Mme et de Mlle Deshoulières.*
Londres, 1780, in-18.

(3) *Portraits de femmes,* in-12, 1852.

devait pas lui survivre, était de cette école
vieillissante qui se voyait remplacée par des
écrivains réformateurs de la langue et arbitres
du goût. Son œuvre est reléguée dans l'ombre
d'où elle ne sortira pas. Quelques vers méritent cependant d'être retenus, et ceux-ci
expriment une vérité qui peut, grâce à eux,
passer en proverbe :

> Nul n'est content de sa fortune,
> Ni mécontent de son esprit.

Elle a flétri la passion du jeu par ces deux
autres vers :

> On commence par être dupe,
> On finit par être fripon (1).

Son esprit, exempt de la frivolité que peuvent
faire soupçonner des poésies légères, était ami
du vrai ; son caractère se ressentait de la tristesse qu'inspirent une mauvaise santé et de
mauvaises affaires. Tout la portait à la mélancolie, au milieu même de ses succès.

(1) *Réflexions diverses* (1686).

C'est encore Sainte-Beuve qui la réhabilite, et la défend des reproches qu'on est tenté d'adresser à son œuvre poétique.

« Elle valait beaucoup mieux que sa réputation d'aujourd'hui... Quand on lit un choix bien fait de ses vers, desquels il faut retrancher absolument et ignorer tant de fadaises de société sur sa chatte et sur son chien, on est frappé chez elle de qualités autres encore que celles qu'on lui accordait jadis. Elle semble plus moraliste qu'il ne convient à une bergère : il y a des pensées sous ses rubans et ses fleurs. Elle est un digne contemporain de M. de La Rochefoucauld (1). »

Un tel éloge n'est pas médiocre, sous la plume d'un tel critique. Pour apprécier comme il convient Mme Deshoulières, il faut se souvenir de ses bons vers, et oublier ses moutons.

(1) *Portraits de femmes.*

II

Qui connaît aujourd'hui le nom et les œuvres de Mme Dufrénoy? Qui songerait à entr'ouvrir son volume d'*Élégies* (1), s'il se trouvait sur le rayon poudreux de la bibliothèque, parmi les livres qu'on ne lit plus? Cette femme poète eut son heure de célébrité; elle a droit à une petite place dans la galerie où est suspendue l'image de Mme Deshoulières.

Adélaïde-Gilette Billet, fille d'un joaillier de la couronne en Pologne, naquit à Paris, en 1765, et reçut une éducation distinguée. Elle apprit le latin, traduisit Horace et Virgile, et s'initia de bonne heure à la poésie française. Elle est mariée à quinze ans. Dufrénoy, qu'elle épousa, était un riche procureur au Châtelet

(1) Publié en 1807.

de Paris, et avait joui de la confiance de Voltaire. Cette union, en lui donnant la fortune, permit à Mme Dufrénoy de mener la vie du monde et d'y faire briller son talent poétique.

Elle avait débuté, en 1787, par une œuvre sans importance, et faisait de beaux rêves, quand la Révolution ruina, comme tant d'autres, son opulente existence. Elle échappa à la mort, mais non à la difficulté de vivre. Le Directoire n'indemnisa Dufrénoy d'aucune des spoliations dont il avait à se plaindre, et le Consulat n'apporta quelque adoucissement à son sort qu'en lui accordant un modeste emploi de greffier à Alexandrie.

Sa femme qui partageait sa mauvaise fortune, après avoir été associée à son luxe, dut délaisser la poésie pour copier le grimoire d'où était bannie l'imagination. Mais elle y revint plus tard et composa ses *Élégies*. Le genre convenait aux malheurs de sa vie. Elle rentra en France pour y trouver la gêne, car son mari avait été mis à la retraite.

La nécessité a forcé beaucoup de femmes à tenir entre leurs doigts la plume qu'on a tant reprochée à leur sexe, et ce fut pour un grand nombre d'entre elles le moyen de réparer les rigueurs de la fortune. Mme Dufrénoy lutta ainsi contre le prosaïsme par la poésie.

Elle trouva des protecteurs dans le comte de Ségur et dans Arnault, et le premier Empire lui témoigna quelque faveur. Mais la chute de Napoléon vint la mettre aux prises avec des difficultés nouvelles. Elle continua de demander à la Muse les inspirations qui l'aidaient à vivre. Ses poésies furent couronnées par plusieurs académies, et, en 1814, ses *Derniers moment de Bayard* lui obtinrent un prix de l'Académie française.

Ses efforts, son courage, son caractère lui avaient valu de nombreuses sympathies, et sa mort soudaine excita des regrets. Bérenger a consacré des vers à son souvenir. Son talent n'est pas de ceux qui triomphent du temps. Il est de l'époque de Boufflers, de Parny, de ce

dix-huitième siècle finissant dont les sources
poétiques sont taries, siècle où l'on rime avec
peu d'idées, et qui n'a pas encore fait place
aux riches floraisons littéraires que devait nous
donner le romantisme.

CHAPITRE V

LES FEMMES POÈTES AU DIX-NEUVIÈME SIÈCLE

I

Depuis Marie de France, dont les fables égayèrent le treizième siècle, nous avons, retrouvé, à toutes les époques, des femmes poètes, chacune avec le caractère de son talent et la langue de son temps.

Nous avons déjà énuméré, au commencement de ce livre, les femmes qui brillèrent au dix-neuvième siècle, sur le Parnasse français. Quelques-unes méritent plus qu'une mention, et pourront nous retenir un moment, à travers les pages consacrées aux auteurs féminins.

Le nom de Mme Desbordes-Valmore (1) a

(1) Née en 1786 à Douai, morte à Paris, en 1859. Le

laissé un rayon doux et mélancolique. Fille
d'un peintre en armoiries, elle descendait
d'une famille protestante, réfugiée en Hol-
lande, lors de la révocation de l'édit de Nantes,
et qui avait trouvé dans la librairie des moyens
d'existence. Elle fut élevée dans la religion
catholique et accompagna, bien jeune encore,
sa mère à la Guadeloupe. Le but du voyage
était de retrouver des parents fortunés et de
solliciter leur appui. Ils avaient cessé de vivre,
quand les deux femmes arrivèrent sur cette
terre lointaine.

Cette déception fut suivie d'un plus grand
malheur. La mère mourut en 1799 de la fièvre
jaune, et la fille, âgée seulement de treize ans.
dut revenir seule en France, après une tra-
versée orageuse. A seize ans, elle s'engage au
théâtre de Lille. Son talent est remarqué à
Rouen où elle aborde la scène, protégée par

recueil de ses poésies a paru en 1829 (4 vol. in-12). Sainte-
Beuve a parlé d'elle dans plusieurs articles. Sa vie et sa correspondance sont l'objet d'un volume in-18, publié en 1870.

Grétry. Ses succès s'affirment à Paris, à l'Odéon, en 1813, et les années suivantes. Elle était à Bruxelles, en 1817, quand elle y épousa Lachantin dit Valmore, acteur qui alla jouer à Lyon et quitta le théâtre en 1823.

Mme Desbordes-Valmore, en renonçant à la carrière dramatique, avait retrouvé la poésie à son foyer, et put s'y livrer, sans contrainte, publiant des vers dont le charme et la délicatesse lui conquirent de nombreux suffrages (1). Une de ses élégies, dédiée *A celles qui pleurent*, exprime les sentiments de cette nature tendre et mélancolique :

Vous surtout que je plains, si vous n'êtes chéries,
Vous surtout qui souffrez, je vous prends pour mes sœurs ;
C'est à vous qu'elles vont, mes lentes rêveries,
Et de mes pleurs chantés les amères douceurs.

Prisonnière en ce livre, une âme est contenue.
Ouvrez, lisez : comptez les jours que j'ai soufferts.
Pleureuses de ce monde où je passe inconnue,
Rêvez sur cette cendre et trempez y vos fers.

---

(1) Parmi ses œuvres, il faut citer : *Pauvres fleurs; Bouquets et prières*, le *Livre des mères et des enfants*.

Chantez! Un chant de femme attendrit la souffrance.
Aimez! Plus que l'amour la haine fait souffrir.
Donnez! la charité relève l'espérance.
Tant que l'on peut donner, on ne veut pas mourir.

Les années enveloppent de silence et d'ombre les œuvres que le succès semble défendre contre l'oubli. Mme Tastu (1), dont on a retenu le *nom*, n'a pas disparu de la *mémoire française*. Elle a beaucoup écrit sur l'éducation; mais sa vocation poétique s'était révélée de bonne heure. Ses poésies attirèrent l'attention de l'impératrice Joséphine et surtout celle de l'imprimeur Joseph Tastu dont elle devint la femme. Deux fois couronnée aux Jeux floraux, elle fut ruinée par la Révolution de 1830, et sa plume devint dès lors sa fée protectrice.

Voici quelques-uns de ses vers sur la gloire :

Contente d'amasser des palmes éphémères,
D'un plus long avenir j'ai sevré mon orgueil.
Il suffit que mes chants, des épouses, des mères
    Disent la joie ou bien le deuil.

(1) *Née à Metz en 1798, morte en 1885.*

D'un triomphe si doux, laissez-moi l'espérance!
Que ces chants entre nous soit un secret lien!
Qu'au nom du sol natal, vos cœurs, femmes de France,
    Battent à l'unisson du mien!

Si je puis, emportant le seul prix où j'aspire,
Un jour, au but fatal reposer mon effroi,
D'un pas inattentif n'éveillez pas ma lyre
    Endormie alors près de moi.

Mme Tastu prolongea sa carrière littéraire jusqu'à un âge avancé.

Une mort prématurée termina celle d'Élisa Mercœur (1). Malgré la modicité de leur fortune, ses parents soignèrent son éducation. Elle avait dix-huit ans lorsque ses premières poésies furent couronnées par des académies de province, et lui obtinrent une pension de Charles X. Elles lui donnèrent accès dans les salons où l'on admirait la précocité de son talent. La Révolution de 1830 lui fit perdre la pension royale, et connaître les souffrances de la pauvreté. Mais

(1) Née à Nantes en 1809, morte en 1835. Ses œuvres, formant 3 volumes in-8°, ont été publiées par sa mère en 1843. — Voir *Élisa Mercœur,* par Jules CLARETIE, 1864, in-18.

elle disparut à vingt-quatre ans avec le prestige qui s'attache aux poètes, dont l'œuvre ina-
chevée renferme les promesses de l'avenir.

Il y a comme un pressentiment funèbre et
la plainte d'une âme découragée dans la pièce
de vers intitulée la *Centenaire,* sujet qui contraste avec sa jeunesse sitôt frappée :

> C'est quand on a vécu qu'on sait ce qu'est la vie,
> Que l'on voit le néant des biens que l'on envie,
> Que fatigué du jour, on n'attend que le soir
> Désenchanté de tout, lorsque la nuit arrive,
> A quel banquet encor et près de quel convive
>   Pourrait-on désirer s'asseoir?

Une fin hâtive comme la sienne, celle de la
princesse Marie d'Orléans, enlevée jeune à
l'affection des siens, à l'art où l'illustra son
talent, inspira de beaux vers à une autre
femme poète, Élise Moreau (1) :

> Mourir! lorsque la vie avait encor pour elle
> Des sentiers d'aubépine et des ruches de miel;
> Cygne aux plumes d'albâtre, avoir plié son aile
> Avant l'heure où la nuit vient rembrunir le ciel!

(1) Née en 1813, à Rochefort, mariée à M. Gagne,

Mourir! lorsqu'elle avait un enfant, une mère,
Un époux dont l'amour dorait son avenir!
S'évanouir ainsi qu'une vapeur légère,
Ou le prisme azuré d'un riant souvenir!

Mourir! lorsque marquée au cachet du génie
Sa *Jeanne d'Arc* brillait d'un éclat immortel,
Et nous apparaissait belle de poésie,
Comme un esprit venu du séjour éternel!...

Aux dangers d'ici-bas, je sais que tu l'enlèves,
Seigneur, et que souvent il est doux de mourir
Avant que la douleur ait assombri nos rêves,
Et ne nous ait appris que vivre, c'est souffrir (1)...

Ce sont là de poétiques accents, et l'on aimera aussi à relire les vers de sentiment que renferme l'œuvre d'Anaïs Ségalas (2). Ses premiers vers la firent connaître à dix-sept ans. Elle aborda le théâtre et le roman, et sa

connu par ses excentricité électorales, elle a composé beaucoup de vers.

(1) *Rêves d'une jeune fille*. Paris, in-8°, 1843. *Regrets sur la mort de la princesse Marie d'Orléans*. Élise Moreau a publié : *Une vocation, l'Age d'or, Une Destinée, Souvenirs d'un petit enfant*, etc.

(2) Née à Paris en 1819, morte à un âge avancé. Fille de Charles Ménard, l'auteur de l'*Ami des bêtes*, elle avait épousé Charles Ségalas, frère d'un médecin célèbre de l'époque.

lyre résonnait encore, lors que se succédaient
ses nombreux hivers.

Une pensée touchante, délicatement exprimée, se lit dans la pièce de vers intitulée : les
Invisibles :

Tous ces chers trépassés que l'on croit insensibles,
Ce ne sont pas les morts, ce sont les invisibles.
Ils revivent là-haut, dans un monde éternel,
Sous ce grand rideau bleu que les astres parsèment ;
Ils l'entr'ouvrent souvent, nous regardent, nous aiment :
 Les morts sont les vivants du ciel.

Dans les *Pèlerinages de Paris,* ces vers de
la fin ont un accent viril :

Un peuple avec la foi reste fort et vainqueur.
Quand nos pieux chevaliers allaient en Palestine,
Leur meilleur bouclier comme on se l'imagine,
Ce n'était pas celui qui couvrait leur poitrine,
Mais la foi du vieux temps, ce bouclier du cœur !

Il y a d'heureuses inspirations dans le mor-
ceau qui a pour sujet le *Petit nom :*

 Il est si doux, si familier !
 C'est un souvenir du foyer,
Des parents disparus, de l'enfance éphémère.

Encor plus touchant que joyeux,
Il nous met des pleurs dans les yeux,
Car c'est l'écho lointain de la voix d'une mère...

Avec joie on entend toujours
Quelques amis des anciens jours
Vous le dire ce nom qui nous charme et nous touche.
Mais plus le temps vient à passer,
Et moins on l'entend prononcer :
De ceux qui le disaient, la mort ferme la bouche.

Le même caractère de délicatesse et d'attirante sensibilité se retrouve dans la *Chambre d'hôtel* :

Cette chambre n'a point de passé, d'avenir,
N'a pas vu vos amis. Tout vous y manque même
Ces objets que l'on a depuis longtemps, qu'on aime,
Tout ce qui d'un logis fait le charme suprême :
L'habitude et le souvenir.

Cette pendule en zinc, cette froide étrangère
Ne vient pas en sonnant vous dire tendrement :
« Souviens-toi ! j'ai marqué plus d'un événement
Dans ta vie, et l'heureux et le fatal moment,
L'heure où naquit ton fils, l'heure où mourut ta mère. »

Elle a le chant du coq, réveille le dormeur
Pour les trains du matin, marque l'heure précise,

Et quel que soit le temps, orage, pluie ou bise,
Dit : « Partez pour la gare et bouclez la valise »,
Mais ne sonne pas dans le cœur.

Contre l'amour de l'or et les mariages d'argent qui sont de tous les temps, Mme Anaïs
Ségalas fait entendre cette protestation poétique qui, alors comme aujourd'hui, reste
souvent sans écho :

Laissez donc, jeunes gens, ces fureurs de richesse !
Aimez la fiancée ainsi qu'une déesse.
La jeunesse a l'amour, les rêves enchanteurs ;
Mais elle perd son charme et toute son ivresse
Si vous remplissez d'or sa corbeille de fleurs (1).

---

(1) Les *Coureurs de dot. Poésies pour tous,* couronnées
par l'Académie. Paris, 1886.

II

On pourrait multiplier les citations et pro-
longer cet aperçu des femmes poètes ; leur
race n'est pas près de s'éteindre et vivra aussi
longtemps que la poésie.

L'imagination est une des facultés dont les
femmes sont le plus directement douées. Ce
privilège leur confère une supériorité dans les
œuvres qui élèvent vers les régions de l'idéal.

La lyre est bien placée entre leurs mains.
Elles expriment volontiers ce qu'elles sentent
et n'aiment pas à renfermer en elles-mêmes.
Nul instrument plus que la poésie ne se prête
à ce besoin de rêves et de confidences, en faisant vibrer le cœur, au moyen de la mélodie
qui éveille dans la nature humaine des échos
mystérieux.

CHAPITRE VI

LE ROMAN AU DIX-SEPTIÈME SIÈCLE

I. Mlle de Scudéry. — II. Mme de La Fayette.

I

MLLE DE SCUDÉRY (1)

Souvent attirées par la poésie, les femmes se sentent entraînées vers le roman, et disons que si elles s'y distinguent souvent, elles n'évitent pas les écueils du genre. La richesse de leur imagination, n'étant plus contenue par les exigences de la rime, elles sont exposées à une abondance qui dégénère facilement en prolixité.

(1) Victor Cousin, *la Société française au dix-septième siècle*, t. II, ch. XII. — Sainte-Beuve, *Causeries du lundi*, t. IV, p. 100.

Ce défaut a été celui de Mlle de Scudéry, tandis que Mme de La Fayette se fait remarquer par sa concision. Toutes deux, avec des caractères opposés et des œuvres différentes, sont des personnifications célèbres du roman au dix-septième siècle.

Née au Havre en 1607, sous Henri IV, morte à Paris en 1701, à la fin du règne de Louis XIV, Mlle de Scudéry avait, dans une si longue existence, connu bien des générations, fréquenté bien des salons, vu passer bien des événements.

Dans son extrême vieillesse, elle était presque la relique d'un autre âge, et il entrait dans la considération dont elle jouissait autant de curiosité que de respect.

Par son père, lieutenant de roi, protégé de l'amiral de Brancas, elle appartenait à une famille provençale dont elle s'exagérait volontiers la noblesse avec son frère Georges, le trop fécond écrivain que consacrent des vers malicieux de Boileau. Elle n'en avait pas la présomption, les ridicules ; mais elle cédait volontiers à la vanité nobiliaire, et disait en parlant des revers de fortune qui l'atteignirent : « le renversement de notre maison » .

Scudéry, le père de Georges et de Madeleine, la future romancière, avait épousé Mlle de Brilly, et quitté la Provence pour la Normandie. Son héritage fut des plus minces, et, orpheline de bonne heure, Mlle de Scudéry se trouva dans une situation précaire. Un oncle, homme fort instruit, la recueillit à la campagne et lui donna une excellente éducation. Ayant de l'italien et de l'espagnol une connaissance approfondie, lisant beaucoup et profitant de ses lectures, elle ne tarda pas à se montrer une personne supérieure, avec du jugement et une mémoire très sûre.

Son extérieur annonçait de la distinction. Mais nous ne croirons pas qu'elle ait été jolie, si nous nous en rapportons à ce que dit d'elle Tallemant de Réaux :

« C'est une grande personne, maigre et noire, qui a le visage fort long. »

Simple et modeste autant que bienveillante et polie, elle obtenait pour sa personne les sympathies de ceux qui lisaient ses ouvrages.

Victor Cousin porte sur elle et sur son œuvre un jugement dont on ne récusera pas l'autorité :

« Sans atteindre au génie, et sans y prétendre, c'était une femme du plus grand mérite. Son trait distinctif est une réflexion ingénieuse portée dans tous les sentiments du cœur; elle est la créatrice d'un genre, le roman psychologique, comme on dit aujourd'hui. Dans ses romans, en effet, son vrai talent n'est pas dans leur partie romanesque, les aventures et les intrigues, ni même dans la narration; il est dans l'analyse et le développement des sentiments, dans les portraits et les conversations élégantes et ingénieuses qu'elle introduit partout. Aussi ce talent parut-il dans tout son lustre, quand laissant là la forme romanesque, Mlle de Scudéry ne donna plus que des *Conversations*, ses réflexions sur toute espèce de sujets de morale et de littérature. C'est là son titre durable. A défaut de force et d'éclat, elle a la justesse, de la finesse, une entière liberté d'esprit avec un continuel agrément. Ce n'est assurément ni Montaigne, ni La Rochefoucauld, ni La Bruyère, ni même Vauvenargues; c'est en quelque sorte la sœur française d'Addison. »

Un tel éloge atténue l'impression défavorable que l'on éprouve en songeant aux volumineux romans dont la lecture paraîtrait fastidieuse à nos contemporains.

On ne s'effrayait pas plus au dix-septième siècle des longueurs d'un roman que des lenteurs de la diligence, et il faut croire que le public de 1650 ne se laissait pas rebuter par les dix volumes du *Grand Cyrus* de Mlle Scudéry puisque, six ans après, elle faisait paraître les dix autres volumes de sa *Clélie*.

Mme de Sévigné, attirée vers elle par les souvenirs du passé, fait un aveu qui renferme une critique, en parlant des deux premiers volumes des *Conversations sur divers sujets* qui virent le jour en 1680 :

« Mlle de Scudéry, écrit-elle, vient de m'envoyer deux petits tomes de *Conversations*. Il est impossible que cela ne soit bon, quand cela n'est point *noyé dans son grand roman.* »

La *Clélie* fut l'époque triomphale de Mlle de Scudéry dont l'étoile pâlissait quand vint à briller celle de Mme de La Fayette. Le roman connaît, plus que toute autre production, l'inconstance de la faveur, et les mœurs qu'il décrit ou reflète sont changeantes comme les goûts.

Mlle de Scudéry vécut assez longtemps pour en faire l'épreuve. L'impitoyable Boileau, dont la censure attaquait non les personnes mais le mauvais goût, n'épargnait pas les familiers de l'hôtel de Rambouillet, atteints de l'affectation mise à la mode par Voiture. Molière livrait à la raillerie les précieuses qui succombaient sous le ridicule.

Si ces coups n'étaient pas dirigés contre Mlle de Scudéry que protégeait le respect ins-

piré par sa réputation, ils frappaient toute une
société dont elle était le centre et l'oracle.

En dépit de la chute d'une école littéraire
condamnée, elle ne cessait pas de se voir entourée, recherchée du meilleur monde. Dans le
logement qu'elle occupait, rue de Beauce, non
loin du Temple, elle avait un salon où, tous les
samedis, l'élite de la noblesse et de la bour-
geoisie se donnait rendez-vous. On y rencon-
trait Mme de Sévigné, restée fidèle aux admira-
tions de sa jeunesse, Mme Cornuel dont on
répétait les bons mots. L'Académie était repré-
sentée par Conrart, Pellisson, Chapelain, Segrais. Des amis de la maison figuraient dans
les rangs de l'épiscopat où Fléchier, Mascaron,
Huet, Godeau, correspondaient avec Mlle de
Scudéry, et lui témoignaient des égards qui
étaient un hommage rendu à son mérite. L'austère Mme de Maintenon parlait d'elle avec sympathie à Louis XIV et n'était pas étrangère aux
marques de la générosité royale que recevait
l'auteur du *Grand Cyrus*.

Son quatrain célèbre sur le grand Condé était dans toutes les mémoires.

La situation qu'elle occupa dans la société et le monde des lettres, pouvait consoler du déclin cette vieille fille dont le caractère indépendant refusa de s'engager dans les liens du mariage. Elle avait soixante-quatre ans lorsqu'une haute distinction vint couronner sa carrière littéraire.

On était en 1671. L'Académie française décernait pour la première fois le prix d'éloquence fondé par Balzac, et dont le sujet, désigné par lui, était « la louange et la gloire ». Mlle de Scudéry l'obtint, aux applaudissements des académiciens du vieux temps qui revoyaient en elle l'époque de leurs jeunes années.

Jusqu'à la fin, elle continua de tenir sa cour, sans que l'âge eût éteint son esprit et ralenti le zèle des habitués de ses samedis. Ses conversations n'étaient pas oiseuses, on peut le croire. Elles avaient même dégénéré en séances académiques, avec les académiciens qui fréquen-

taient ce salon, aux tentures sans doute un
peu fanées comme le visage de la maîtresse de
maison. Le ton qui régnait était celui de la
politesse et de l'ancienne galanterie française.

Pellisson rédigeait parfois, sur ces réunions,
des notes destinées à former un procès verbal
et que recueillait Conrart, à cause de l'importance qu'il y attachait.

Souvent les propos faisaient place aux vers
impromptus, et chacun déployait son esprit
dans ces tournois littéraires. Une de ces journées vit éclore un si grand nombre d'impro-
visations qu'elle fut appelée *la journée des
madrigaux.*

Il arrivait à Conrart de manquer aux habi-
tudes du samedi, lorsqu'il était retenu chez lui
par un accès de goutte.

Mlle de Scudéry ne déserta son poste que
lorsqu'elle ferma les yeux, à quatre-vingt-qua-
torze ans. Son règne avait duré longtemps, et
sa décadence se dissimulait sous le prestige de
la vieillesse.

Si ses romans étaient voués à l'oubli, il n'en fut pas de même de son nom, car, comme l'a dit Victor Cousin, « elle représente excellemment la société polie au dix-septième siècle ».

Sainte-Beuve parle de son œuvre en ces termes :

« Par le faux appareil d'imagination et le faux attirail historique dont elle environne sa pensée, Mlle de Scudéry n'est guère plus ridicule, après tout, que ne l'a été Mme Cottin, il y a quarante ans. Ce costume de mascarade était d'emprunt : ce qui lui était essentiel et propre, c'était la façon d'observer et de peindre le monde d'alentour, de saisir au passage les gens de sa connaissance et de les introduire tout vifs dans ses romans, en les faisant converser avec esprit et finesse. »

La femme auteur était en effet surtout femme du monde, et son esprit d'analyse s'exerçait dans les salons. Ses romans ne devaient offrir d'intérêt qu'à la société de son temps, et leur

succès ne tarda pas à s'effacer, à mesure que
cette société se renouvelait, que les grands écrivains du grand siècle réformaient le style et la
langue dont ils donnaient les plus parfaits
modèles.

Les défauts de Mlle de Scudéry furent ceux
de son groupe littéraire, de l'époque où elle
vécut les années de sa jeunesse. Elle avait
cependant le sens de ce qui est juste et vrai,
l'horreur de la pédanterie, et elle se définis-
sait dans la personne de Sapho comme une
personne « sachant ce qu'il faut savoir, ne faisant pas la savante », et conversant d'une
manière simple et naturelle, sans étalage d'érudition (1).

Elle critiquait dans la société « ces assem-
blées sans choix, où la porte est ouverte à tout
le monde, et où l'on voit quelquefois cent personnes qu'on ne vit jamais et qu'on ne voudrait
jamais voir (2) ».

(1) *Le Grand Cyrus*, X, 588
(2) *Ibid.*

Il y aurait de l'injustice à reléguer Mlle de Scudéry parmi les médiocrités prétentieuses de son temps. Mais si sa personne conserva une prééminence que lui reconnurent ses contemporains, on ne peut restituer à ses écrits le rang qu'à la fin du dix-septième siècle ils avaient déjà perdu.

Mme DE LA FAYETTE

C'est une autre nature d'écrivain que
Mme de La Fayette (1) dont le souvenir reste
lié à celui de ses amitiés, de Mme de Sévigné
qui la nomme sans cesse, de La Rochefoucauld,
l'auteur des *Maximes*, auprès duquel s'écoule-
ront les dernières années de la vie sédentaire
que lui imposait une mauvaise santé.

Née à Paris en 1634, elle était fille de Marc
Pioche de la Vergne et d'Élisabeth Pena qui,
devenue veuve, se remaria au chevalier Re-
naud de Sévigné. La jeune fille eut pour édu-
cateurs Rapin et Ménage, et ce dernier, sans
en faire une pédante, lui inculqua une partie

(1) *Les Grands Écrivains français. Mme de La Fayette,*
par le comte D'HAUSSONVILLE, in-12, Paris, 1891.

du savoir qui lui avait acquis une réputation d'érudit.

La médiocrité de sa fortune n'attirait pas les prétendants. Elle trouva cependant, à vingt-deux ans, un mari. C'était un gentilhomme de bonne maison, le comte de La Fayette, dont un aïeul fut maréchal de France. Ses noces furent célébrées à Paris, en 1655, et cette union, qui a tous les caractères d'un mariage de raison, laissa complètement dans l'ombre un époux dont la mort passa inaperçue.

La Rochefoucauld a tenu dans la vie de Mme La Fayette une plus grande place que son mari, et ce dernier lui a survécu trois ans, sans paraître avoir laissé de trace dans l'existence de sa femme.

Mme de La Fayette savait le latin, correspondait avec le savant Huet, et entretenait des relations littéraires avec Segrais qu'on soupçonna d'avoir été son collaborateur. Celui-ci lui reconnaissait un goût sûr et éclairé. « Mlle de Scudéry, disait-il, a beaucoup d'esprit : mais

Mme de La Fayette a plus de jugement. »

Son style concis dénote de la finesse avec une nature un peu sèche. La Fontaine fut admis dans son intimité, et elle professait pour Bossuet une affection qu'elle exprime, en le qualifiant de « l'homme le plus droit, le plus doux et le plus franc qui ait jamais été à la cour ».

Boileau, si peu indulgent, fait de Mme de La Fayette un éloge qui ne se rencontre pas souvent sous sa plume. « C'est, dit-il, la femme qui écrit le mieux et qui a le plus d'esprit. » Elle avait le mérite encore plus grand d'être modeste et d'éviter tout ce qui aurait pu lui donner l'importance qu'ambitionnent les femmes auteurs.

La faveur dont elle jouissait auprès d'une charmante princesse, Henriette d'Angleterre, duchesse d'Orléans, sa situation à la cour, ses relations dans le monde de l'aristocratie et des lettres l'avaient fait sortir de l'obscurité où avait commencé sa vie.

La plume qui la rendit célèbre fut moins pour elle une occupation qu'un passe-temps. Elle se consacra avec ardeur à ses fils dont elle seconda la fortune. L'aîné, le marquis de La Fayette, marié à l'arrière-petite-fille du chancelier de Marillac, mourut jeune, au siège de Landau, laissant une fille unique qui fut duchesse de La Trémoïlle.

Mme de La Fayette avait l'esprit des affaires; elle savait calculer. Elle en faisait profiter sa famille et ses amis. Elle usait de son crédit à la cour et ne craignait pas multiplier des recommandations, agréablement tournées.

Ses lettres sont loin de ressembler à celles de Mme de Sévigné; elles sont brèves et les effusions n'y occupent que peu de place.

L'influence dont elle jouissait lui permettait d'être utile aux autres et à elle-même.

« Voyez, écrit Mme de Sévigné à Mme de Grignan, comme Mme de La Fayette se trouve riche en amis de tous côtés et de toutes conditions : elle a cent bras, elle atteint partout. »

L'ambassadeur du duc de Savoie, constatant son crédit, la comparait à un furet.

D'humeur plutôt chagrine, elle était souvent
malade, se plaignait de ses « vapeurs », ce mal
de l'époque qui n'est peut-être pas sans avoir
des rapports avec la neurasthénie de nos jours.
La Rochefoucauld était tourmenté par la goutte
et tous deux se tenaient compagnie.

La perte de cet ami que rien ne pouvait remplacer, la mort d'un fils dont elle avait édifié la
fortune, tout assombrit ses dernières années
que rendaient plus pénibles ses souffrances
physiques. Elle termina, en 1693, à cinq-neuf
ans, une existence partagée entre les devoirs
maternels, les affaires, les belles-lettres et
l'amitié.

Mme de La Fayette qui s'est illustrée dans
le roman, a touché à l'Histoire dans la *Vie
d'Henriette d'Angleterre,* écrite sous l'impression de ses souvenirs, et dans les *Mémoires
sur la Cour de France* où se retrouve le style
sobre et mesuré qui la distingue. Mais c'est

surtout par *la Princesse de Clèves*, le meilleur de ses romans, qu'elle a fondé sa réputation d'écrivain (1).

M. d'Haussonville qui lui a consacré un délicat volume, observe qu'elle inaugura dans le roman un genre nouveau, en substituant l'étude des mœurs du monde des honnêtes gens aux aventures extraordinaires et aux mœurs des classes bourgeoises et populaires où l'on avait précédemment été chercher des inspirations.

Mme de La Fayette voulut peindre le monde et la cour dont sa propre expérience lui avait appris les sentiments et les idées. La *Princesse de Clèves* parut en 1678. Mme de La Fayette préparait depuis huit ans cette œuvre qui devait avoir un succès que n'obtinrent pas les précédentes. On en parlait dans les cercles

(1) Elle en a composé deux autres : *la Princesse de Montpensier* (1662) et *Zayde* (1670). Le premier de ces romans parut anonyme, le second sous le nom de Segrais qui l'attribue à Mme de La Fayette, et y eut, sans doute, sa part de collaboration. On peut les considérer comme des essais et des débuts.

littéraires, avant son apparition. Elle aurait
pu décevoir une longue attente. Il en fut tout
autrement. Ce roman occupa les esprits et
défraya les conversations.

L'absence de nom d'auteur donna d'abord
naissance à des suppositions. On ne manqua
pas d'attribuer ce livre à la collaboration de
Mme de La Fayette et de La Rochefoucauld qui
la nièrent et en firent l'éloge pour n'en paraître pas les auteurs. C'étaient des strata-
gèmes dont on usait alors volontiers. Ils per-
mettaient à ceux qui n'étaient pas des écrivains
de profession de ne se découvrir qu'en cas de
succès.

La Princesse de Clèves fut discutée d'abord
C'était une première victoire. Elle en remporta
d'autres devant le public, par le nombre
de ses éditions, et eut même à Londres les
honneurs d'une traduction.

Les éloges continuèrent longtemps après,
sous les plumes de Voltaire, de Marmontel, de
La Harpe, et de nos jours Sainte-Beuve et

M. Taine les ont confirmés avec leur autorité.
M. d'Haussonville en a loué « la forme exquise...
le style qui joint l'émotion à la mesure, le
charme à la force... la phrase harmonieuse,
souple, nuancée ». Et ces qualités littéraires
consacrent et perpétuent des livres qui vivent
par la langue dans laquelle ils furent écrits.

Tel a été le sort de *la Princesse de Clèves*.
Elle assure une gloire durable à la femme
d'esprit et de goût dont la figure sérieuse nous
apparaît éclairée d'une douce lumière, entre
la vieillesse morose de La Rochefoucauld et le
sourire de Mme de Sévigné.

CHAPITRE VII

DEUX FEMMES SAVANTES

I. Mlle de Gournay. — II. Mme Dacier.

I

Mlle DE GOURNAY

En 1592, cheminait sur la route de Bordeaux une jeune fille en proie à un profond chagrin. Le pays qu'elle traversait offrait alors peu de sécurité. Les dernières convulsions de la Ligue agitaient encore le royaume, pacifié par Henri IV. Les luttes entre les catholiques et les protestants continuaient de mettre aux prises les partis opposés. Des soldats indisciplinés parcouraient la contrée, et l'on se préparait à la guerre d'Espagne.

La voyageuse qui n'avait pas hésité à franchir la distance, à braver les obstacles pour venir de Paris, où était Mlle de Gournay dont la science et l'érudition la distinguaient des femmes les plus instruites de son temps.

La mort de Montaigne occupait ses pensées et la remplissait de tristesse.

Le philosophe venait de mourir à Bordeaux, à l'âge de cinquante-neuf ans, entouré de sa femme, de sa fille Léonore et de quelques amis qu'il avait voulu avoir pour témoins de ses derniers moments.

Selon son désir, la messe avait été dite dans sa chambre. Il expira à l'élévation en joignant les mains, et cette fin chrétienne, cet acte de piété démentirent ceux qui s'autorisaient du scepticisme de sa philosophie pour jeter des doutes sur sa foi religieuse.

Marie de Gournay n'avait pu lire les *Essais* dont les deux premiers livres parurent à Bordeaux, en 1580, sans ressentir pour l'auteur plus que de l'admiration, de l'enthousiasme !

Elle avait voulu connaître celui dont l'œuvre prenait un tel ascendant sur son esprit, et le philosophe, surpris et touché du sentiment passionné qu'inspiraient ses écrits à une jeune fille de dix-huit ans, l'avait accueillie avec une paternelle bonté; il la nommait sa *fille d'alliance*. De là les liens qui s'étaient formés entre Montaigne et Marie de Gournay, liens que la mort ne put rompre, car c'est à faire partager son culte au public lettré que l'admiratrice des *Essais* consacra sa vie.

Quelle était donc cette personne qu'un traité de philosophie avait pu enflammer ainsi, et dont l'exaltation pour un livre assurément peu romanesque, nous fait sourire aujourd'hui?

Elle était née à Paris vers la fin de 1566. Son père, Guillaume Jars, seigneur de Neuvy et de Gournay, en Berry, était un bon gentilhomme campagnard qui, de son mariage avec Jeanne d'Hacqueville, sœur d'un président au grand conseil, avait eu sept enfants.

Marie fut l'aînée de cette nombreuse famille. A la mort de son père, elle resta dans le village de Gournay où elle vécut avec sa mère. L'existence était plus que sévère et dépourvue de toutes les distractions que recherche la jeunesse. Heureusement pour Marie de Gournay, elle avait l'amour de l'étude. Elle passait ses journées dans la bibliothèque à lire tous les livres qui lui tombaient sous la main. Elle apprit à elle seule le latin. Si elle renonça au grec, c'est que cette langue lui offrait des difficultés qu'elle ne pouvait surmonter sans le secours d'un professeur.

A vingt ans, son éducation était terminée. Le but de son ambition était de voir l'auteur de ces *Essais* dont la lecture l'avait transportée. Ce vœu ne put être réalisé qu'en 1588. Le philosophe était alors à Paris, occupé de la réimpression de son livre qu'il avait récemment complété.

Voilà Mlle de Gournay partie pour la capitale avec sa mère. A peine arrivée, elle adresse un message débordant d'admiration à Montaigne qui vient dès le lendemain la remercier. Elle est désormais sa *fille d'alliance*. Le philosophe a cinquante-quatre ans ; elle en a vingt-deux. Les relations s'engagent pour ne plus cesser. Pendant huit mois, ce ne sont que visites, conversations sur les sujets de morale et de philosophie.

L'heure était venue de se séparer. Mais Montaigne, malgré sa barbe grise et la gravité de son caractère, s'était laissé gagner par les témoignages flatteurs que ne cessaient de lui prodiguer la mère et la fille. Il les suivit toutes deux à Gournay, et ce séjour lui laissa un souvenir ineffaçable qu'il a consigné dans ses *Essais,* où il parle ainsi de celle qui était devenue tout à la fois son élève et sa fille adoptive :

« J'ay prins plaisir à publier en plusieurs lieux, l'espérance que j'ay de Marie de Gournay le Jars, ma fille d'alliance, et certes aymée de moy beaucoup plus que paternellement, et enveloppée en ma retraite et solitude comme l'une des meilleures partie de mon propre

estre : je ne regarde qu'elle au monde. Si
l'adolescence peult donner présage, cette âme
sera quelque jour capable des plus belles choses, et entre aultres, de la perfection de cette
très saincte amitié, où ne nous lisons point
que son sexe ayt peu monter encores : la since-
rité et la solidité de ses mœurs y sont dejia bas-
tantes; son affection vers moy plus que surabon-
dante, et telle, en somme, qu'il n'y a rien à
souhaiter, sinon que l'appréhension qu'elle a
de ma fin, par les cinquante et cinq ans aus-
quels elle m'a rencontré, la travaillast moins
cruellement. Le jugement qu'elle feist des premiers Essais, et femme, et en ce siècle, et si
jeune, et seule en son quartier; et la véhé-
mence fameuse dont elle m'ayma et me désira
longtemps, sur la seule estime qu'elle en print
de moy, avant de m'avoir veu, sont des acci-
dents de très digne considération (1). »

Ce n'était pas, en effet, une chose ordinaire
que l'enthousiasme excité dans l'esprit d'une

(1) *Essais,* liv. II, ch. xvii.

jeune fille par la lecture d'un ouvrage philoso-
phique, et Mlle de Gournay devait, du reste,
montrer une supériorité qui lui assigna, parmi
ses contemporains, un rang à part.

Sa mère étant morte, en 1591, elle vint se
fixer à Paris, quittant, sans regret, la vie monotone de la province pour la capitale vers laquelle
l'attirait un foyer intellectuel. Sa fortune était
des plus médiocres. Les 2 400 livres de rente
dont elle jouissait se trouvaient diminuées par
des procès. Elle était à peine fixée dans sa
nouvelle résidence, que la mort de Montaigne
vint la surprendre et détermina un voyage,
entrepris non sans danger, pour honorer la
mémoire de celui dont elle alla déplorer la
perte, avec la femme et la fille du philosophe,
devenues pour elle des amies, que rapprochait
la communauté des souvenirs et des regrets.

Elle voulut, dès lors, faire revivre Montaigne
dans son œuvre, au moyen d'une nouvelle édition qu'elle prépara pendant quinze mois, et
qui parut en 1595.

Ce ne devait pas être la dernière. Quarante ans plus tard, elle en donnait une autre, en 1635. Mlle de Gournay y avait mis le temps ; mais cette réimpression lui avait coûté un grand travail. Elle avait traduit, avec un soin pieux, tous les passages grecs, latins, italiens, cités par Montaigne. Décidément, on ne pouvait l'accuser d'inconstance dans son admiration, et les années s'écoulaient sans refroidir son culte.

Elle était devenue tout à fait une vieille fille. « Elle se proposa, nous dit Pasquier, de n'avoir jamais d'autre mari que son honneur, enrichi par la lecture des bons livres. »

Des esprits cultivés, une société d'élite formèrent son cercle habituel. Elle aborda tour à tour les vers et la prose, traduisit Virgile, Tacite, Salluste. Elle échangea des lettres avec une foule de grands seigneurs français et étrangers, compta parmi ses correspondants saint François de Sales, les cardinaux de Richelieu, du Perron, de Bentivoglio, Godeau, évêque de Vence.

On rendait justice à son savoir; on ne lui refusait pas la considération; mais la malignité lui infligeait quelques ridicules. Tallemant des Réaux qui ne perd jamais l'occasion d'une médisance, raconte qu'elle fut dupe d'une mystification. On lui fit croire que le roi d'Angleterre sollicitait son portrait et l'histoire de sa vie.

« Elle fut six semaines, écrit le malicieux chroniqueur, à faire sa vie; elle se fit barbouiller, et envoya tout cela en Angleterre où l'on ne savait ce que cela voulait dire. »

Elle eut d'autres désagréments, lorsqu'elle se mêla aux controverses théologiques et prit le parti des jésuites contre leurs adversaires qui se vengèrent en la diffamant.

Le cardinal du Perron vint à son secours et défendit son innocence par sa laideur, ce qui dut flatter médiocrement sa cliente.

Les honneurs ne lui manquaient pas à l'Académie naissante où elle avait pour ami Balzac. Des académiciens se réunissaient chez elle, et dissertaient dans son salon, en lui décernant le titre de dixième muse. Grotius traduisait ses vers en latin.

Ses œuvres, qui ne l'empêchaient pas de s'occuper avec persévérance de Montaigne, se succédèrent, applaudies par les savants et les lettrés. Elles finirent par former un gros volume in-4° de mille pages (1).

La savante demoiselle ne juge pas toujours son temps avec indulgence; elle ne craint pas de critiquer les défauts de l'aristocratie et professe l'horreur des courtisans qui le lui rendent bien.

Son patriotisme lui fit pleurer éloquemment la mort tragique d'Henri IV, et elle proclama tout ce que devait la France au règne de ce prince aussi populaire que grand politique.

Elle a traité ce que nous appelons aujourd'hui la question féministe, et l'a tranchée, — qu'on n'en soit pas surpris, — à l'honneur de

_____

(1) Paris, 1635 ou 1641, sous ce titre : *Les Avis et les présents de la demoiselle de Gournay.*

son sexe, s'indignant contre ceux qui lui inter-
disent la science, et le condamnent à ne jamais
tenir que la quenouille. Elle invoque le témoi-
gnage de Socrate, d'Aristote et de Platon (1).
Elle pouvait certainement tenir tête aux hommes, même aux plus savants.

L'usage des mots, la grammaire, la littérature eurent en elle une observatrice studieuse,
attentive, mais devenue surannée. Ronsard,
dont l'école avait disparu, restait son idéal en
poésie, Amyot son modèle pour la prose;
elle ne voyait pas sans humeur ses idoles ren-
versées, et Corneille, Molière, La Fontaine
illuminer de leur génie le nouveau ciel où
brillait le soleil de Louis XIV.

La férule de Boileau n'épargnait pas les écrivains prétentieux, obscurs, incorrects d'une
époque qui restait chère à Mlle de Gournay dont
le culte pour Montaigne n'était pas, non plus,
sans fatiguer les nouvelles générations, et devait parfois faire un peu sourire, à ses dépens

(1) *Le Grief des dames.*

Ses œuvres vieillissaient comme elle. Contente d'une fortune modique, indépendante, désintéressée, jouissant de l'estime, à défaut d'admiration, elle s'éteignit doucement à Paris, le 13 juillet 1645, à quatre-vingts ans, nommant pour son exécuteur testamentaire La Mothe le Vayer qui hérita de sa bibliothèque.

Elle reçut la sépulture à Saint-Eustache, et l'éloge de cette *fille d'alliance* de Montaigne, de cette savante qui, née sous Charles IX, avait assisté aux règnes d'Henri III, d'Henri IV, de Louis XIII, et à l'aurore de celui de Louis XIV, fut retracé par la plume de vieux académiciens et d'amis fidèles. On composa, en son honneur, des épitaphes latines et françaises. Un assez mauvais poète, François Colletet, la célébra dans ces vers :

Si l'on a tant chanté les vertus des sibylles
Et fait passer leurs jours par des siècles tranquilles,
Pour montrer leur mérite et l'heur qu'elles ont eu,
Tu remportes, Gournay, cet illustre avantage
D'égaler, en mourant, les sybilles en âge,
Et d'avoir, en vivant, surmonté leur vertu.

La vénérable demoiselle avait donné
l'exemple d'un labeur assidu ; et sans doute,
après une longue vie consacrée à l'étude,
elle méritait que l'on vint brûler quelques
grains d'encens sur son tombeau (1).

(1) Voir sur elle : Léon Feugère, *Étude sur Mlle de Gournay*.

II

Mᵐᵉ DACIER (1)

Une femme qui sait le grec! La chose semblerait extraordinaire aujourd'hui; elle étonnait même à une époque où il n'était pas rare
de rencontrer des femmes savantes.

Nous nous représentons volontiers Mme Dacier comme une pédante, et nous la voyons
coiffée non d'un bonnet de dentelles, mais
d'un bonnet de docteur. Elle a illustré le
nom du mari dont elle a partagé les travaux et la vie. Le temps a confirmé sa réputation et a respecté son image que protège
Homère.

Une femme qui ne prétendait pas à l'érudition, et dont la plume s'est exercée sur des

(1) Sainte-Beuve, *Causeries du lundi,* IX, 379.

sujets de morale, la marquise de Lambert, a dit d'elle :

« Mme Dacier est une autorité qui prouve que les femmes sont capables de savoir. Elle a protesté, ajoute-t-elle, contre l'erreur commune qui nous condamne à l'ignorance. »

Il est vrai qu'il y avait de l'atavisme, dans cette remarquable érudition. Née à Saumur, vers 1654, Anne Lefèvre avait pour père un savant, doublé d'un homme d'esprit, dont la jeunesse studieuse s'était écoulée dans la ville de Caen, et qui avait appris le grec, sans le secours d'aucun maître. Nommé régent de troisième à Saumur, il partageait son temps entre ses livres, ses enfants et ses fleurs. Sa fille nous dit qu'absorbé par le travail, il ne se promenait jamais. C'est dans cet intérieur, meublé de grec et de latin, que la jeune fille fit son éducation. Orpheline à dix-huit ans, elle vint habiter Paris, et atteignait sa vingtième année, quand elle fit paraître des traductions et des commentaires de *Florus, Au-*

rélius Victor, Dictys de Crète et *Darès le phrygien.*

Des travaux tout à la fois si doctes et si précoces, faisaient dire à Bayle : « Voilà notre sexe vaincu par cette illustre savante. »

La surprise et l'admiration augmentèrent en la voyant, dans l'espace de trois mois, publier une édition grecque et latine des hymnes, épigrammes et fragments de Callimaque dont Huet, évêque d'Avranches, accepta la dédicace.

Son infatigable ardeur au travail donne ensuite, traduites du grec, les poésies d'Anacréon et celles de Sapho (1681). Elle les dédie au duc de Montausier, le mari de Julie d'Angennes de Rambouillet. Puis elle obtient de nouveaux succès par ses traductions de Térence et d'Aristophane (*Plutus* et *les Nuées*).

On conviendra qu'une personne aussi familière avec l'antiquité classique, ne pouvait s'allier qu'à la science. C'est ce qu'elle fit, en 1683, lorsque à vingt-neuf ans elle épousa

André Dacier, latiniste, helléniste consommé.
Il avait été l'élève préféré de son père, et
c'était là encore un titre au choix de Mlle Lefèvre.

Jamais union ne parut mieux assortie. On
l'appela « le mariage du grec et du latin ».

Mme Dacier avait été élevée dans la religion
protestante, ainsi que son mari. Tous deux,
retirés à Castres, se convertirent au catholicisme, deux ans après leur mariage, et peu de
temps avant la *révocation de l'édit de Nantes.*
Cette conversion fut libre et sincère, et en
entraîna beaucoup d'autres dans la ville où ce
ménage exerçait l'ascendant qu'il devait à sa
science et à ses vertus.

Les travaux du mari et de la femme, où
entrait souvent une collaboration réciproque,
laissaient à Mme Dacier l'avantage d'une supériorité que Boileau proclamait en disant :
« Dans leurs productions d'esprit, c'est
Mme Dacier qui est le père. »

Sa traduction de l'*Iliade* et de l'*Odyssée* mit

le comble à sa réputation. C'est son meilleur titre. Un savant helléniste de nos jours, M. Egger, y relève des erreurs et des fautes dont il ne peut s'empêcher de sourire; mais il rend à Mme Dacier un hommage qui mérite d'être rappelé :

« Elle avait raison, dit-il, de refaire ce qui était si mal fait avant elle, et elle remplit sa tâche avec une modestie, un zèle et une conscience vraiment digne de l'estime qu'en effet elle a obtenue. Comparée aux précédentes, sa *traduction est la première complète,* par le soin qu'elle met à tout reproduire; *c'est la première vraiment française par la correction de style,* la première aussi qu'accompagne un commentaire, en général judicieux, et emprunté aux meilleures notes des critiques, soit anciens, soit modernes (1). »

Ce fut précisément cette œuvre qui raviva la querelle où Boileau et Perrault s'étaient armés l'un contre l'autre. L'antiquité grecque

(1) *L'Hellénisme en France,* 2 vol. in-8°, 1869, II, 131.

et romaine devait-elle l'emporter sur le siècle
de Louis XIV? Notre génie national n'existait-il
qu'à la condition d'imiter les anciens? Telle
était la question qui passionnait deux partis,
deux écoles. On n'a pas de peine à croire que,
bourrée de grec et de latin. Mme Dacier était
l'adversaire de La Motte, défenseur des modernes. Celui-ci avait osé attaquer l'*Iliade* dans
la préface d'un abrégé en vers français de ce
poème. Mme Dacier riposta, par un volume
intitulé *Des causes de la corruption du goût*.
La guerre était déclarée et aurait pu s'éterniser
si un ami commun, M. de Valincour, n'avait
négocié la réconciliation qui eut lieu, le dimanche des Rameaux, à l'approche des Pâques,
dans un souper où fut conviée la spirituelle
Mlle de Launay, devenue un peu plus tard
Mme de Staal. La paix fut signée, en sa présence, le verre en main.

« Je représentais la neutralité, dit-elle. On
but à la santé d'Homère et tout se passa bien. »

De cruelles épreuves vinrent atteindre

Mme Dacier : la mort d'une fille de dix-huit
ans, celle d'un fils du même âge dont on
admirait la précoce intelligence. Son autre fille
était religieuse à Longchamp. La solitude se
faisait ainsi autour d'elle. Le travail adoucis-
sait son chagrin, au milieu des études où on
la voyait penchée sur les volumes grecs ou
latins qui lui parlaient de ses auteurs favoris.

Ce fut en les feuilletant qu'elle mourut, en
1720, à soixante-sept ans, frappée d'aplo-
plexie, au Louvre où son mari, qui lui sur-
vécut peu de temps (1), était garde des livres
du cabinet du roi, fonction dont elle avait la
survivance, et qui avant elle, n'avait été donnée
à aucune femme.

Son prodigieux savoir était exempt de pédanterie. Un Allemand ayant sollicité une pensée
écrite par elle sur la page d'un album, elle y
inscrivit, en caractères grecs, ces mots em-
pruntés à Sophocle :

« Le silence est l'ornement des femmes. »

(1) Il mourut en 1722.

Saint-Simon, qui ne flatte personne, enregistre sa mort en ces termes :

« Elle n'était savante que dans son cabinet et avec des savants, partout ailleurs simple, unie, avec de l'esprit agréable dans la conversation où l'on ne se serait pas douté qu'elle sût rien de plus que les femmes ordinaires. »

C'est le plus bel éloge qui puisse être décernée à celle qu'une rare supériorité a rendue célèbre, et dont la science n'a été surpassée que par la modestie.

CHAPITRE VIII

LES MÉMOIRES ÉCRITS PAR DES FEMMES

I. Mme de Motteville. La marquise de Caylus. — II. La baronne de Staal de Launay. — III. La marquise de La Rochejacquelein. — IV. La maréchale Oudinot.

I

Mᵐᵉ DE MOTTEVILLE. — LA MARQUISE DE CAYLUS

La poésie et le roman nous ont montré les femmes dans le domaine de l'imagination où, grâce aux dons naturels qu'elles possèdent, elles sont appelées à réussir comme écrivains.

Nous venons de voir qu'elles sont capables d'atteindre quelquefois à la plus haute érudition. Nous allons maintenant interroger des Mémoires dus à des plumes féminines.

Ces Mémoires, est-il besoin de le remarquer?

n'ont pas le caractère des livres d'Histoire. Ils sont, pour la plupart, écrits à l'heure où la vie s'achève, après des événements qui se sont passés tantôt sur la scène du monde, tantôt sur un théâtre restreint. Souvent, ils ne furent pas destinés à la publicité, et servirent à tromper l'inaction dans le sanctuaire des souvenirs, à la clarté de la lampe et à la flamme du foyer.

Les femmes semblent à leur aise dans les Mémoires. Ce sont pour elles des causeries; elles deviennent historiennes, sans le vouloir et sans faire œuvre d'écrivain.

Raconter ce que l'on a vu, ce que l'on sait de personnages disparus, d'événements dont on a été témoin, c'est s'adresser à un cercle intime et prendre pour confidentes les pages qui ressuscitent le passé.

Deux femmes peuvent être rapprochées l'une de l'autre, malgré les siècles qui les séparent, et ont dans leurs Mémoires songé à la postérité. Mais ce n'était pas l'ambition, c'était la reconnaissance qui les décidait à prendre la plume.

Christine de Pisan, en composant le *Livre des faicts et bonnes mœurs du bon roy Charles,* acquittait une dette envers Charles V, le protecteur de sa famille. Il en a été de même, beaucoup plus tard, pour Mme de Motteville. Traitée en amie, en confidente par Anne d'Autriche, femme de Louis XIII, elle lui a consacré, sans prétendre au titre d'auteur, des Mémoires dont on a loué le naturel et la sincérité (1).

Née en 1615, morte en 1689, Françoise Bertaut, fille d'un gentilhomme ordinaire de la chambre du roi, avait épousé, en 1639, Nicolas Langlois, seigneur de Motteville, premier président de la Chambre des comptes de Normandie, qui, après deux ans de mariage, la laissa sans fortune. Anne d'Autriche l'at-

(1) Ils font partie de la collection des *Mémoires pour servir à l'Histoire de France,* publ. par Michaud et Poujoulat.

10

tacha à sa personne, sans lui donner aucune
charge à la cour.

Elle revendique pour ses Mémoires le mérite de ne rien contenir qui ne soit vrai :
« Lorsque je n'ai pu savoir les choses par
moi-même, dit-elle, je les ai apprises des
vieux seigneurs de la cour et de la reine
même qui a eu la bonté de m'en instruire, de
répondre à mes questions et de me confier
quelques-uns de ses secrets... J'ai donné à
cette occupation les heures que les dames ont
accoutumé d'employer au jeu et aux promenades. Je ne sais si j'ai mieux fait que les
autres, mais il me semble qu'on ne sauroit
plus mal employer son temps que de le passer
à ne rien faire. »

C'est avec une entière simplicité, sans aucune ambition littéraire qu'elle a écrit les
pages dans lesquelles la reine Anne d'Autriche
tient la place principale et dont elle retrace
ainsi le portrait physique et moral :

« Elle a été une des plus grandes beautés de

son siècle et présentement, il lui en reste assez
pour en effacer des jeunes qui prétendent
avoir des attraits... Elle n'est pas esclave de la
mode mais elle s'habille bien. Elle est propre
et fort nette; on peut même dire qu'elle est
curieuse des belles choses, et c'est sans affection extraordinaire, et beaucoup de dames
dans Paris font plus de dépenses que la reine
n'en fait. L'habitude et non la vanité fait son
ajustement, et l'honnête ornement lui plaît
parce que naturellement elle aime à être bien,
autant dans la solitude qu'au milieu de la
cour...

« Dans sa plus grande jeunesse, elle a donné
des marques de dévotion et de charité; car dès
ce temps-là, ceux qui ont eu l'honneur de la
servir ont toujours remarqué qu'elle étoit cha-
ritable et qu'elle aimoit à secourir les pauvres.
Les vertus avec les années se sont fortifiées en
elle, et nous la voyons, sans relâche, prier
et donner... Elle a une confiance extraordinaire en Dieu, et cette confiance lui a attiré,

sans doute beaucoup de grâces et de bénédic-
tions... Elle est douce, affable et familière avec
tous ceux qui l'approchent et qui ont l'honneur
de la servir... Elle a beaucoup d'esprit; ce
qu'elle en a est tout à fait naturel. Elle parle
bien, sa conversation est agréable, elle entend
la raillerie, ne prend jamais rien de travers, et
les conversations délicates et spirituelles lui
donnent du plaisir. Elle juge toujours les
choses selon la raison et le bon sens, et, dans
les affaires, elle prend toujours par lumières
le parti de l'équité et de la justice ; mais elle est
paresseuse, elle n'a point lu ; cela toutefois ne
la délustre point parce que le grand commerce
que la reine a eu avec les premiers de son siècle,
la grande connoissance qu'elle a du monde et la
longue expérience des affaires et des intrigues
de la cour où elle a toujours eu une grande
part, ont tout à fait réparé ce qui pouvoit lui
manquer du côté des livres, et si elle ignore
l'histoire de Pharamond et de Charlemagne,
elle sait fort bien celle de son temps. »

En proclamant son attachement et sa fidélité
à une reine, Mme de Motteville a répondu aux
détracteurs des rois par ces lignes qui méritent d'être retenues :

« La grandeur des rois qui les élève au-
dessus de leurs sujets ne les exposent pas seulement à leurs yeux, mais à leur censure. Il
n'y a personne qui ne s'en prenne à eux du
mauvais état de ses affaires particulières, et il
y a peu de gens qui leur sachent gré de toutes
les peines qu'ils se donnent pour le bien public. Au contraire, on ne leur pardonne pas les
moindres fautes qu'ils commettent, quoiqu'elles soient toutes plus excusables que
celles des autres hommes par la difficulté
qu'ils ont à découvrir la vérité que la plupart
de ceux qui les approchent leur déguisent
d'une telle manière qu'ils ôtent à ceux qui la
savent le temps et la hardiesse de la leur
dire. »

Les Mémoires de Mme de Motteville nous
conduisent au règne de Louis XIV dont

Mme de Caylus nous montre les dernières
années. Cette nièce de Mme de Maintenon
décrit d'une plume légère les particularités de
l'intérieur royal de Versailles qu'éclairaient les
rayons du soleil couchant.

Étant très jeune, elle avait paru l'égale des
plus grandes actrices sur le théâtre de Saint-
Cyr, à ces représentations d'*Esther* qui eurent
lieu devant le roi et une assistance privilégiée.
Les succès qu'obtinrent sa personne et sa figure
ne furent pas moindres, et Saint-Simon les atteste dans des lignes peu banales sous sa plume :

« Jamais un visage si spirituel, si touchant,
si parlant, jamais une fraîcheur pareille, jamais tant de grâces ni plus d'esprit, jamais
tant de gaieté et d'amusement, jamais de créa-
ture plus séduisante. »

Ces grâces si vantées se retrouvent dans les
Souvenirs (1) qu'elle a, pour ainsi dire, laissés
échapper négligemment, et qui n'ont pas l'al-
lure des Mémoires, mais le ton de la conversa-

(1) Ils furent publiés en 1770.

tion d'une femme aimable et spirituelle, écrivant comme elle parle, avec l'aisance, la finesse et le goût qui la distinguent.

Nulle ambition d'auteur et d'écrivain dans cette chronique souriante, malicieuse à laquelle ne préside pas l'esprit de méthode.

« J'écris, dit-elle, des *Souvenirs* sans ordre, sans exactitude et sans autre prétention que celle d'amuser mes amis, ou du moins de leur donner une preuve de ma complaisance. Ils ont cru que je savois des choses particulières d'une cour que j'ai vue de près, et ils m'ont priée de les mettre par écrit. Je leur obéis; sûre de leur fidélité et de leur amitié, je ne puis craindre leur imprudence et je m'expose volontiers à leur critique. »

La seule critique que le lecteur est tenté d'adresser à ces *Souvenirs,* ce n'est pas d'en trop dire; c'est de n'en pas dire assez, et ce reproche est un éloge. Ils éveillent l'attention sans la fatiguer, et ils sont mieux qu'un livre : une causerie.

Fille d'un père protestant et d'une mère catholique, Marthe-Marguerite de Villette fut attirée par Mme de Maintenon qui, n'ayant pu convertir sa famille, nourrissait l'espoir de la faire entrer dans le giron de l'Église.

Mlle de Villette, encore enfant, ne fit guère de résistance.

« Je pleurai d'abord beaucoup, a-t-elle raconté; mais je trouvai la messe du roi si belle que je consentis à me faire catholique, à condition que je l'entendrois tous les jours et qu'on me garantiroit du fouet. C'est là toute la controverse qu'on employa, et la seule abjuration que je fis. »

En 1686, — elle avait alors treize ans, — on la marie à un assez triste sujet, livré à la boisson, au marquis de Caylus, menin du dauphin, qu'on eut soin d'éloigner le plus longtemps possible de sa femme et de la cour. Puis, commence pour elle l'existence à Versailles, sous l'égide de l'austère Mme de Maintenon qui veillait sur elle avec une sollicitude maternelle, s'amusait de ses saillies et s'occupait de terminer son éducation. Elle apprenait à dire des vers, à tourner agréablement une lettre, et sa tante se livrait avec elle à la vocation de pédagogue qui fut toujours la sienne.

Mme de Caylus tint tout ce qu'elle promettait ; elle était séduisante, doucement railleuse, et possédait un talent de contrefaire qui ne lui conciliait pas la faveur du grand roi dont la solennité goûtait peu ce talent redoutable. Elle connut la disgrâce, fut exilée une première fois, à dix-neuf ans, à la suite de méchants propos tenus sur son compte, et vit aggraver sa peine d'une retraite au couvent des Carmélites pour avoir répondu par une boutade à l'ordre royal.

C'était un peu une enfant gâtée. Une seconde disgrâce qui dura treize ans, le régime de la dévotion et de la pénitence, infligé sous l'œil du père de la Tour, oratorien, se chargèrent de la mettre à la raison. Sur les entrefaites elle devint veuve, sans qu'elle eût à s'en affliger, et fut rappelée à la cour où le roi, tou-

jours sévère à son endroit, la gratifia, cepend-
d'une pension de 10 000 livres.

Elle ne connut pas la vieillesse, étant morte
en 1729, à cinquante-six ans, et c'est seulement une année avant de disparaître de ce
monde qu'elle dicta ses *Souvenirs* à son fils, le
marquis de Caylus, qui s'est acquis un renom
d'antiquaire et d'artiste.

Elle avait recueilli de la bouche de Mme de
Maintenon bien des faits qu'elle rapporte à son
tour, dans des récits qu'émaillent des anecdotes, des portraits finement tracés. Elle n'ap-
profondit pas, elle effleure, et ses réminis-
cences sont, en quelque sorte, jetées au hasard,
dans le salon où vient se grouper autour d'elle
un petit cercle d'amis.

Le style s'élève et devient plus grave en
parlant de Louis XIV qui lui en impose, même
après sa mort, et voici comment elle définit
cette figure si royale :

« Il pensoit juste, s'exprimoit noblement ; et
ses réponses les moins préparées, renfer-

moient en peu de mots, tout ce qu'il y avoit de
mieux à dire selon les temps, les choses et les
personnes... Jamais pressé de parler, il exa-
minoit, il pénétroit les caractères et les pensées; mais comme il étoit sage, il savoit
combien les paroles des rois sont pesées, il
renfermoit souvent en lui-même ce que sa
pénétration lui avoit fait découvrir. S'il étoit
question de parler de choses importantes, on
voyait les plus habiles et les plus éclairés
étonnés de ses connoissances, persuadés qu'ils
en savoit plus qu'eux, et charmés de la manière dont il s'exprimoit. S'il falloit badiner,
s'il faisoit des plaisanteries, s'il daignoit faire
un conte, c'étoit avec des grâces infinies, un
tour noble et fin que je n'ai vu qu'à lui. »

Telle est, esquissée d'une main sûre, la phy-
sionomie morale de Louis XIV, et ce portrait,
d'accord avec d'autres, montre que ce prince
d'un jugement si droit, d'un esprit si sage,
si mesuré, possédait les dons les plus utiles à
l'art de régner.

II

Mme de Caylus fait passer en revue la cour
de Louis XIV; Mme de Staal de Launay nous
introduit dans celle de la duchesse du Maine
dont elle vit l'existence brillante et les jours
de disgrâce.

Celle qui écrit n'est plus une grande dame
qu'entoure le prestige de la naissance, mais
une femme d'esprit, de condition modeste.

Née à Paris, en 1698, Mlle de Launay était
fille d'un peintre et ne possédait aucune fortune. Elle fut élevée gratuitement, en Normandie, à l'abbaye de Saint-Sauveur d'Évreux
dont Mme de La Rochefoucauld, sœur de l'auteur des *Maximes*, était abbesse. Elle se fit remarquer par son intelligence précoce que ne

rebutaient ni Descartes, ni Malebranche ; elle
étudia la géométrie, ce qui ne l'empêchait pas
d'aimer les lettres. Elle écrivait de la manière
la plus agréable en prose et faisait des vers.

Recherchée pour la distinction de sa personne et de son esprit, elle entra au service de
la duchesse du Maine, petite-fille du grand
Condé, qui attirait à Sceaux une société d'élite.
Si le caractère fantasque de la princesse rendit
pénible sa situation subalterne, les amitiés et
les sympathies qu'elle rencontra autour d'elle,
la dédommagèrent des blessures d'amour-
propre qui ne lui furent pas épargnées.

Mlle de Launay ne tarda pas à être l'ornement des fêtes de la petite cour de Sceaux où
l'esprit était de rigueur. Mais l'affaire des
princes légitimés, la conspiration de Cellamare
attirèrent l'orage sur la duchesse du Maine et
lui valurent son arrestation, suivie de son
emprisonnement à Dijon. Sa fidèle confidente
éprouva son égoïsme, sa froideur, son ingra-
titude pour les services rendus, et paya son

dévouement de deux ans de séjour à la Bas-
tille.

Le dénuement s'ajouta aux rigueurs de la
prison, et la situation de Mlle de Launay deve-
nait de plus en plus précaire, quand M. Dacier,
veuf de celle qui avait illustré son nom, lui
offrit de l'épouser. La duchesse du Maine s'y
opposa pour la retenir à son service, et un peu
plus tard lui trouva pour mari le baron de
Staal, maréchal de camp, veuf avec deux filles,
et qui lui donna, avec un peu de fortune, un
rang à la cour. Elle termina, en 1750, à cinquante-six ans, une existence difficile que nous
font connaître ses Mémoires (1) qui nous initient à ses années de jeunesse, à ses débuts
dans le monde de la cour.

Mlle de Launay avait une sœur aînée, au service de la duchesse de La Ferté qui désira la
voir, en entendant vanter son instruction et

(1) Ils ont été publiés avec ses *OEuvres*. Paris, 1821,
2 vol. in-8°, et ils se trouvent dans la bibliothèque des
Mémoires relatifs à l'Histoire de France pendant le dix-
huitième siècle, édit. Barrière, t. I.

son esprit. A peine introduite chez la duchesse, celle-ci lui demande d'écrire des lettres dont il faut deviner le sujet, à travers mille propos décousus. Elle s'en tire habilement, et ce succès en amène d'autres. Elle est présentée à la duchesse de Ventadour et partout accueillie avec la réputation d'un prodige. Elle arrive un jour chez la duchesse de Noailles à qui Mme de La Ferté dit étourdiment :

« Voilà cette personne dont je vous ai entretenue, qui a un si grand esprit, qui sait tant de choses. Allons, Mademoiselle, parlez. Madame, vous allez voir comme elle parle.

« Elle vit que j'hésitais à répondre et pensa qu'il fallait m'aider comme une chanteuse qui prélude, à qui l'on indique l'air qu'on désire entendre.

« Parlez un peu de religion, me dit-elle. Vous direz ensuite autre chose. »

Il y avait vraiment de quoi troubler une personne moins avisée que Mlle de Launay. Sa présence d'esprit surmonta l'embarras auquel

l'exposait sa protectrice. Recommandée à la
duchesse du Maine, elle obtint près d'elle une
place de femme de chambre qui se trouvait
vacante, et alors commença pour elle un
esclavage rendu plus pénible par les humilia-
tions qu'elle eut à subir de la part d'une domes-
ticité avec laquelle la confondait son service.

« J'entrai, dit-elle, en fonctions. On me
donna pour mon partage ce qui s'appelle, en
termes de l'art, les chemises à bâtir. Je me
trouvai fort embarrassée. Je n'avais jamais
fait que les petits ouvrages dont on s'amuse
dans les couvents, et je n'entendais rien aux
autres. Je passai la journée, tant à prendre
les mesures qu'à exécuter cette grande entre-
prise, et quand Mme la duchesse du Maine eut
mis sa chemise, elle trouva dans le bras ce qui
devait être au coude. Elle demanda qui avait
fait cette belle opération : on lui répondit que
c'était moi. Elle dit sans s'émouvoir que je ne
savais pas travailler, et qu'il fallait laisser ce
soin à une autre...

« La première fois que je lui donnai à boire, je versai l'eau sur elle, au lieu de la mettre dans le verre. Le défaut de ma vue, extrêmement basse joint au trouble où j'étais toujours en l'approchant, me faisait paraître dépourvue de toute compréhension pour les choses les plus simples. Elle me dit un jour de lui apporter du rouge et une petite tasse avec de l'eau qui était sur sa toilette. J'entrai dans sa chambre où je demeurai éperdue, sans savoir de quel côté tourner. La princesse de Guise y passa par hasard, et surprise de me trouver dans cet égarement : « Que faites-vous donc là ? « me dit-elle. — Eh, madame, du rouge, une « tasse, une toilette, je ne vois rien de tout cela. »

« Touchée de ma désolation, elle me mit en mains ce que sans secours j'aurais inutilement cherché...

« Je dirai encore quelques-unes de mes bêtises les plus singulières, et qui semblaient tenir de l'imbécillité. Mme la duchesse du Maine, étant à sa toilette, me demanda de la

poudre; je pris la boîte par le couvercle : elle
tomba comme de raison et toute la poudre se
répandit sur la toilette et sur la princesse qui
me dit fort doucement :

« Quand vous prenez quelque chose, il faut
que ce soit par en bas.

« Je retins si bien cette leçon qu'à quelques
jours de là, m'ayant demandé sa bourse, je la
lui pris par le bas, et je fus fort étonnée de
voir une centaine de louis qui étaient dedans,
couvrir le parquet : je ne savais plus par où
rien prendre.

« Je jetai encore aussi sottement un paquet
de pierreries que je pris tout au beau milieu.
On peut juger avec quel mépris mes com-
pagnes, adroites et stylées, regardaient mes
inepties. »

Si maladroite dans l'exercice de ses fonctions subalternes, Mlle de Launay se rattrapait
fort heureusement dans les choses de l'esprit,
comme actrice et comme auteur des pièces,
des à-propos joués sur le théâtre de Sceaux où

ne dédaignait pas de monter la duchesse du Maine.

Elle a fait de cette princesse un portrait peu flatteur :

« C'est un enfant de beaucoup d'esprit : elle en a les défauts et les agréments... Son commerce est un esclavage ; sa tyrannie est à découvert... Sa franchise, ou pour parler plus juste, le peu d'égards qu'elle a pour tout le monde, fait qu'elle ne dissimule aucun de ses caprices... Elle a de la hauteur sans fierté, le goût de la dépense sans générosité, de la religion sans piété, une grande opinion d'elle-même sans mépris pour les autres, beaucoup de connaissances sans aucun savoir, et tous les empressements de l'amitié, sans en avoir les sentiments. »

On conçoit ce que dut avoir à souffrir Mlle de Launay d'un tel caractère et dans la dépendance où elle se trouvait placée. Son mariage avec le baron de Staal, lorsqu'elle n'était plus jeune, ne lui apporta, en l'élevant à une condition meilleure, que ce qu'on peut attendre d'un mariage de raison, et la supériorité de son esprit lui a fait paraître plus lourdes encore les chaînes qu'elle eut à porter toute sa vie.

III

Franchissons le seuil où commencent une nouvelle époque et une nouvelle société. Mme d'Épinay nous présente l'intérieur d'un fermier général où l'a fait entrer son mariage. Ses Mémoires (1) sont la peinture du monde de la finance et de celui des lettres. Voltaire, Jean-Jacques Rousseau, Diderot, Grimm, Galiani, Saint-Lambert sont de son intimité. Ce sont tous les philosophes et c'est tout le dix-huitième siècle qui passent sous nos yeux, à travers ces pages qui en caractérisent l'esprit et la morale. Dans ce milieu cultivé, on cause, on écrit, on disserte, on apprend à douter. Le

(1) Nouvelle édit., par Paul Boiteau, 2 vol., in-12. Paris, 1865.

scepticisme a envahi un siècle finissant; il a
fait briller l'esprit, mais il a tari les sources de
l'idéal et désséché l'imagination.

Mme d'Épinay est l'image de cette époque
raisonneuse et en donne l'impression.

Avec Mme Campan et Mme Vigéc-Lebrun
qui ont laissé des Mémoires, nous assistons
aux derniers jours de la monarchie. Toutes
deux ont approché Marie-Antoinette, l'une par
son service, l'autre par son talent, avec le pinceau d'où sortirent tant de chefs-d'œuvre, et
qui a reproduit les traits de la reine dont
la grâce majestueuse brille encore, à la veille
des jours tragiques où commença son mar-
tyre.

Le grand drame de la Révolution devait
fournir à ses survivants des récits, lus avec
avidité. Des plumes féminines ont retracé ces
événements dans des pages qui empruntent
aux témoins de l'époque une douloureuse autorité. Mlle des Écherolles (1) nous transporte

(1) *Une famille noble sous la Terreur.* In-12. Paris,

en province, pendant ces années sanglantes. La duchesse de Tourzel dont le dévouement répondit à la confiance royale, dans les jours d'épreuve, et sa fille, la comtesse de Béarn, ont écrit des Mémoires où revivent les scènes d'horreur qui frappèrent leurs regards.

L'héroïsme des guerres de Vendée n'a pas eu de meilleur historien que celle qui fut la marquise de Lescure et la marquise de La Rochejaquelein, associée aux exploits de combattants dont les défaites sont aussi glorieuses que des victoires. Elle leur devait et se devait à elle-même de raconter les épisodes de cette lutte où elle connut les angoisses, les périls d'une époque qui revêt aujourd'hui le caractère de la légende.

« C'est pour jeter des fleurs sur la tombe de tant de généreux guerriers, dit-elle, que je me décide à écrire ces Mémoires qui ne verront jamais le jour (1), mais qui seront peut-être

1881, publ. pour la première fois en 1843 sous le titre : *Quelques années de ma vie.*

(1) Ils furent publiés cependant de son vivant, en 1814,

utiles à ceux qui voudront faire une histoire impartiale de la Vendée. Je préviens que j'ai le seul avantage d'avoir une grande mémoire. »

Fille unique du marquis de Donissan et de Mlle de Durfort de Lorge, Marie-Louise-Victoire de Donissan était née à Versailles, le 3 octobre 1772. Héritière d'une belle fortune, elle fut destinée à son cousin, le marquis de Lescure vers lequel l'attira, dès l'enfance, une vive inclination.

Le mariage fut célébré en 1791, dans le Médoc, sans aucune pompe. Déjà les événements de la Révolution assombrissaient le ciel de France, et les nouvelles de Paris répandaient l'inquiétude en province. Le jeune ménage alla cependant dans la capitale où il ambitionnait de rendre ses devoirs à la famille royale menacée. Il n'y avait plus alors de présentations à la cour. Mais Mme de Lescure fut

et réimprimés en 1847. Une nouvelle édition, collationnée d'après le manuscrit, par les soins du marquis de La Rochejaquelein, son petit-fils, a paru en 1889, in-4°.

introduite chez la princesse de Lamballe où elle vit Marie-Antoinette qui l'accueillit avec la plus grande bonté.

La reine était opposée à l'émigration. Elle détourna M. de Lescure de son projet de quitter la France où était la place des défenseurs du trône. Il se décida, ainsi que sa femme, à rester, malgré les dangers qui les entouraient. Les scènes révolutionnaires se renouvelaient sous leurs yeux, et ils furent plusieurs fois sur le point d'être découverts dans les endroits qui servaient à les cacher.

Ce ne fut pas sans difficultés qu'ils réussirent à quitter Paris pour se rendre en Poitou, souvent arrêtés et menacés en route.

Réfugiée à Tours, puis à Clisson, Mme de Lescure apprit les massacres de septembre, l'horrible mort de la princesse de Lamballe qu'elle avait entrevue, si gracieuse et si attachante. C'est au milieu de ces événements qu'elle mit au monde sa première fille, le 31 octobre 1793.

Au printemps de 1794 commença cette guerre de Vendée dont elle a laissé d'émouvants récits.

« Ni les prêtres, ni les nobles, dit-elle, n'ont jamais fomenté, ni commencé la révolte; ils ont secondé les paysans, mais seulement quand l'insurrection a été établie. »

Elle éclata sur plusieurs points à la fois et prit une extension qui ne permit plus de douter de ses progrès.

La résolution d'Henri de La Rochejaquelein et de M. de Lescure de marcher à la tête des braves Vendéens, fut bientôt prise, et dès lors Mme de Lescure comprit les devoirs qu'elle aurait à remplir. Elle fut constamment à la hauteur de son rôle, et ne faillit pas à l'exemple donné alors par tant de femmes. Cependant sa nature était plutôt craintive, elle l'avoue elle-même. Ce ne fut pas sans effroi qu'elle apprit à se tenir à cheval, prévoyant que la nouvelle existence à laquelle la condamnerait la Révolution, lui rendrait nécessaire ce moyen de parcourir le pays et d'échapper parfois aux poursuites dont elle serait menacée.

Elle montre le caractère religieux de cette guerre de Vendée qui fut vraiment une guerre sainte.

« Presque tous les soldats, dit-elle, faisaient un signe de croix, avant de tirer un coup de fusil; dans les déroutes, ils criaient tranquillement : *Vive le Roi, quand même!* Puis connaissant bien les chemins qui sont fort couverts, ils s'échappaient facilement, tandis que les Bleus, dans leurs défaites, se trouvaient perdus dans des labyrinthes impénétrables. Ces détails feront mieux concevoir les étonnants succès de la Vendée; mais on ne pourra jamais comprendre la valeur inouïe que l'enthousiasme a su inspirer à des paysans naturellement doux; conservant à la guerre cette bonté caractéristique, ils n'ont jamais fait de cruautés, ni le moindre mal dans les villes prises d'assaut : ils semblaient les frères de ceux qu'ils venaient de combattre.

C'est la religion qui produisait ce miracle. »

La foi de ces paysans-soldats se retrouvait dans les emblèmes de leur costume, dans les ferventes prières qu'ils adressaient au ciel :

« Les Vendéens n'avaient aucune cocarde militaire; beaucoup mettaient à leur chapeau des morceaux d'étoffe blanche ou verte, d'autres du papier, des feuilles et plusieurs rien du tout; mais tous les paysans avaient par dévotion, et sans que personne en eût donné l'ordre, un Sacré-Cœur cousu à leur boutonnière...

« On reconnaissait mieux les Vendéens à la bizarrerie de leur habillement qu'à tout autre signe; les officiers n'avaient d'autre marque distinctive que d'être mieux équipés que les soldats. »

Il arrive à Mme de Lescure de trouver tous les soldats à genoux, récitant le chapelet, et cet acte de dévotion se renouvelait trois fois par jour. Il est interdit aux femmes de paraître à l'armée; mais elles rivalisent d'ardeur pour lui porter des vivres, et en la voyant défiler, elles se mettent à genoux, en disant leur chapelet.

Quand les Vendéens s'emparent d'une ville, les paysans se précipitent à l'église pour sonner les cloches, en signe de réjouissance. Ils tombent à genoux, en entendant le bruit lointain d'une bataille et crient : *Vive le Roi!* en apprenant une victoire.

L'enthousiasme et la confiance remplacent chez les paysans l'expérience militaire. La plupart n'ont pas servi, ne connaissent pas l'exercice, et les populations, loin d'être belliqueuses, ont l'aversion du métier de soldat.

Au milieu de ces contrées en insurrection, Mme de Lescure mena une existence d'aventures et de dangers. Tantôt elle se dissimule sous des habits de paysanne, tantôt elle revêt le costume d'une bourgeoise. Un hiver, réfugiée dans une ferme, elle garde les moutons.

Parfois, il faut fuir, la nuit, par un épais brouillard, dans des chemins impraticables.

Quand on ne trouve pas de bœufs pour traîner
la voiture, la jeune femme se sauve à cheval,
tenant entre ses bras son enfant âgé de dix
mois.

Mme de Lescure accompagne son mari
blessé à Cholet; elle s'efforce d'adoucir ses
souffrances sur la charrette où il est transporté,
à travers mille obstacles. Il expire pendant le
voyage, et la vaillante femme, surmontant sa
douleur, avec de nouvelles espérances de ma-
ternité, est témoin des batailles dont Dol fut le
théâtre.

Un soir, vers minuit, retentissent des appels
aux armes.

« Le combat, écrit-elle, commença à la tête
de la ville, à l'endroit où les deux chemins se
réunissent; je n'ai jamais vu rien de plus beau
et de plus effrayant : le bruit de la générale et
les premiers coups de fusil s'entendirent en
même temps. Comme on prévoyait une affaire
terrible, les femmes montèrent à cheval; nous
étions rangées avec les hommes qui ne se bat-

taient pas et les blessés, sur quatre ou cinq lignes, près des maisons, des deux côtés de la rue ; nous avions aussi avec nous ceux qui suivaient l'armée à pied. Au milieu étaient les canons et caissons de rechange, et des deux côtés entre les femmes, et les canons, se prolongeait la cavalerie, sabre à la main...

« Le plus grand silence régnait dans la ville, chacun était dans l'effroi et l'attente ; on entendait les cris des soldats, les coups de canon et de fusil, et le bruit éclatant des obus dont les Bleus se servaient contre nous pour la première fois. Pour animer davantage les soldats, on fit partir vingt tambours du bas de la ville, qui la remontèrent et se rendirent au combat, en battant la charge. Qu'on se figure cette position : le morne silence des habitants, le bruit de la bataille, la vue du feu continuel et l'odeur de la poudre ! Rien ne peut être plus majestueux et plus terrible.

« Au bout d'une demi-heure de cette cruelle attente, on entendit crier à la tête de la ville :

En avant la cavalerie! Vive le Roi! Ce cri fut répété à l'instant avec enthousiasme par cent mille voix, hommes, femmes, enfants; tous les cavaliers partirent au grand galop, en répétant avec ardeur : *Vive le Roi!* Leurs sabres brillaient comme des éclairs, par la réflexion du feu du combat. Quel moment! L'espérance ranima tout le monde, les cris de *Vive le Roi!* se prolongèrent plus d'une demi-heure, et les femmes rentrèrent dans les maisons. »

On vit, les jours de panique, les femmes se joindre aux chefs pour arrêter les fuyards, les rappeler au devoir, et rendre la confiance aux vaincus.

C'est au milieu des alertes incessantes d'une existence de privations, de souffrances et de dangers que Mme de Lescure mit au monde sa seconde fille dont l'acte de baptême fut gravé sur une assiette d'étain, en l'absence de registres de l'état civil.

L'amnistie qui mit fin au soulèvement de la Vendée, en 1795, ne termina pas ses épreuves.

Portée sur la liste de proscription, quoiqu'elle n'eût pas émigré, elle dut se réfugier en Espagne, y séjourna huit mois, revit en 1800 sa patrie, et c'est en 1802, qu'ayant perdu ses deux filles, elle contracta de nouveaux liens, en échangeant le nom de Lescure contre celui de La Rochejaquelein, tous deux unis par la même gloire, le même dévouement et le même genre de mort.

Le marquis Louis de La Rochejaquelein, qu'elle épousa en secondes noces, était le frère d'Henri, le généralissime de l'armée vendéenne, mort héroïquement, les armes à la main, en 1794, à vingt et un ans, et dont on a retenu les paroles célèbres, adressées à ses paysans : « Si j'avance, suivez-moi; si je recule, tuez-moi; si je meurs, vengez-moi! »

Louis de La Rochejaquelein périt le 4 juin 1815, pour la même cause, pendant les Cent-Jours, en combattant les soldats de Napoléon, sur cette terre de Vendée illustrée par tant de vaillance et d'exploits. Singulière destinée que celle de ces deux frères dont le nom fait vibrer encore les échos du pays arrosé de leur sang !

Chargée d'ans et de souvenirs, Mme de La Rochejaquelein termina, en 1857, à Orléans, une vie où resplendissent de grandes actions et de grands caractères. Et quand on voudra se rappeler l'épopée vendéenne, on feuilletera les pages encore palpitantes des événements racontés par la noble femme qui s'y trouva mêlée.

IV

Les scènes tragiques et grandioses ne sont jamais si bien retracées que par les femmes qui en furent les témoins. Elles apportent dans leurs récits les dons de leur sensibilité, leur chaleur d'âme, leur émotion communicative.

La maréchale Oudinot, duchesse de Reggio, occupe une place parmi elles. Ses *Souvenirs* (1) ont été publiés à la fin du dix-neuvième siècle dont elle avait vu se lever l'aurore, au milieu des victoires et aussi des désastres. Ils s'ouvrent par la peinture d'un intérieur de province avant la Révolution, et renferment sur l'existence d'une race illustre et alors peu fortunée, des détails pleins de charme.

(1) *Récits de guerre et de foyer*, in-8°, Paris, 1894.

Par son origine, Eugénie de Coucy se ratta-
chait authentiquement, ainsi que le prouve
l'*Art de vérifier les dates*, à la grande maison
de Coucy dont le château en ruines atteste
encore la puissance féodale. Son père, l'aîné
de dix enfants, était capitaine au régiment
d'Artois et chevalier de Saint-Louis ; il avait
deux frères dans le même régiment ; le troisième
était grand vicaire de l'évêque d'Agde. Une de
ses sœurs était chanoinesse, la seconde religieuse, et quatre autres ne furent pas mariées.

La plus parfaite union régnait dans cette
nombreuse famille qui résidait en Champagne,
dans une petite terre, située près de Luxeuil.

La vie calme et régulière, qu'on menait dans
cet intérieur modeste et patriarcal, aurait pu
être heureuse, si la Révolution n'était venue
l'interrompre et bouleverser toute la France.

M. de Coucy n'émigra pas. Dénoncé comme
suspect, arrêté avec sa femme et sa fille aînée,
il subit une longue captivité qui cessa un peu
avant le 9 thermidor. Eugénie, sa seconde

fille, n'avait alors que deux ans et demi, ce qui n'empêcha pas un mandat d'arrêt d'être lancé contre elle. Remise bientôt après en liberté, elle fut recueillie chez son grand-père, et son enfance eut été sevrée des soins nécessaires sans la fidèle Rosalie, sa bonne, dont le dévouement ne cessa de veiller sur elle, et qui mourut dans la famille à laquelle s'était consacrée sa vie.

La paix, — une paix encore bien précaire, — était revenue dans la contrée. « Mes parents, écrit l'auteur de ces récits, secouant l'aile comme l'oiseau mouillé après l'orage, recommencèrent leur vie d'intérieur et s'occupèrent de leurs intérêts si rudement froissés par les événements... Depuis ma naissance, la prison, le deuil, voilà quel avait été mon lot. »

Le château et la terre furent loués, et la famille transporta ses pénates, à quarante lieues de là, dans une résidence où se réunirent la tante chanoinesse, son frère l'abbé et les deux sœurs vieilles filles. Ce logis s'appelait Lentilles, et les *Souvenirs* de la maréchale nous en font la description :

« Notre vieille maison de famille occupait un des côtés de la grande cour carrée, formée des trois autres, par des bâtiments ruraux : deux intervalles à claire-voie laissaient pourtant apercevoir de beaux vergers. Il y avait d'ailleurs tant d'espace dans cette cour tapissée d'une herbe fine, elle était si verte, si animée par le mouvement d'une infinité des plus belles volailles du monde, que son aspect n'était pas triste.

« Comme dans presque toutes les constructions de cette époque et de ce pays, il régnait devant la maison une galerie extérieure et couverte où l'on se tenait souvent.

« Il fallait descendre une marche pour entrer dans le rez-de-chaussée qui était carrelé, ce qui peut vous donner une idée de l'humidité du local. J'ai froid en y songeant maintenant; mais tout me semblait bon alors, jusqu'à la branche de rosier qui, un jour, perçant audacieusement la muraille de ma chambre, vint y pousser, verte et belle. »

Les premières années s'écoulèrent, tandis que la France voyait l'ordre rétabli par la main puissante d'un grand capitaine.

Les parents d'Eugénie de Coucy furent attirés à Bar-le-Duc par le mariage de leur fille aînée avec le vicomte de la Guérivière, et c'est là que la jeune fille rencontra Oudinot dont la renommée de bravoure séduisait son imagination. Devenu veuf, le maréchal songea plus tard à demander à Mlle de Coucy de servir de mère à ses nombreux enfants, et d'unir son existence à la sienne. Il avait quarante-trois ans ; elle en avait vingt.

Le mariage fut célébré en 1812, au moment où la guerre de Russie allait rappeler Oudinot sur le champ de bataille où il commandait le 2e corps. Grièvement blessé à Polotsk, sa jeune femme accourut pour le rejoindre. Ce fut là son voyage de noce qui n'eut pas pour lui sourire le ciel bleu, mais le climat glacé de la Russie où tombaient, frappés mortellement, les soldats de Napoléon.

Elle monta dans la chaise de poste où avait pris place avec elle son oncle, M. de Coucy. Partie à la hâte de Vitry-le-Français, elle vit les étapes se succéder rapidement à Metz, à Mayence, à Berlin; puis les relais deviennent moins réguliers, les chemins plus difficiles. La voiture roule dans les sables éternels des plaines désertes qu'interrompent de sombres forêts. On s'arrête dans des gites inhospitaliers; les yeux rencontrent partout l'image de la désolation.

Laissons parler la maréchale.

«Les chemins, absolument défoncés, étaient jonchés de débris de roues et de squelettes de chevaux. Des villages ruinés laissaient encore quelques pans de bâtiments autour desquels s'agitaient des habitants déguenillés. L'on distinguait les bivouacs abandonnés par les cercles noirs que laissaient les feux éteints. L'on voyait au loin le terrain de culture, pié-

tiné par des milliers d'hommes et de chevaux.
L'on jugeait très bien, par ces restes muets,
qu'une multitude immense avait dû passer par
là. Mais ce qui m'attrista le plus, ce furent ces
fréquents monticules sur la forme desquels on
ne pouvait guère se tromper... Beaucoup,
d'ailleurs, étaient signalés par une petite croix,
faite à la hâte de deux baguettes, coupées dans
les broussailles et plantées là par les camarades,
C'étaient les plus jeunes, les plus faibles, pro-
bablement, qui étaient ainsi restés en chemin ;
mais l'on peut croire que ceux qui leur avaient
donné la sépulture ne repassèrent point là. Ils
furent plus loin, souffrir davantage, plus longtemps et ne revinrent pas... »

Le général Jacqueminot, envoyé à Kowno,
à la rencontre de la voyageuse, lui servit de
guide et parfois se trompa dans l'obscurité de
la nuit. Sa voix s'élève, pour maudire Napoléon dont la puissance est vaincue par les
neiges de Russie :

« Oh! cette ambition dévorante qui conduit

ainsi au bout du monde, qui désorganise toutes les existences et paralyse tous les projets! Où nous mènera-t-elle? Nous sommes tous à bout. »

« Cette diatribe, ajoute la maréchale, la première que j'eusse entendu faire contre l'Empereur depuis mon mariage, ce violent mécontentement d'un homme aussi brave qu'enthousiaste, me pétrifia de surprise. »

Wilna est le terme du voyage, le lieu où la jeune femme doit retrouver son mari blessé. Elle y arrive, non sans apercevoir, image du désastre, des débris des trains d'artillerie, une foule de chevaux morts exhalant l'odeur de la corruption.

Deux mois plus tard, la maréchale Oudinot, traverse de nouveau ces localités présentant de cruels spectacles qu'elle décrit avec une précision émue. La campagne allait recommencer, tandis qu'elle s'éloignait, le cœur en proie à des inquiétudes trop justifiées. On était au commencement de novembre, et l'hiver s'approchait en vainqueur.

« Hélas ! écrit-elle, ce n'était plus à la conquête que l'on marchait; et déjà le mot de retraite, si nouveau pour nous, se faisait sourdement entendre... Déjà les premières neiges couvraient le sol, lorsqu'un matin, enfoncés dans notre calèche et allant grand train, nous fûmes tirés de notre léthargie par un brusque écart des chevaux qui était causé par la vue d'un cadavre, sur lequel ils n'avaient pas voulu passer. C'était le commencement...

« Le froid augmentait et tous les cœurs se serraient en se représentant cette masse d'hommes cheminant entre cette neige qui couvrait tout, et le ciel gris, que ne perçait plus un seul rayon de soleil. »

Une nouvelle blessure ayant mis le maréchal Oudinot hors de combat, il revint à Wilna y rejoindre sa femme qui le ramena en France, dès qu'il fut en état de supporter le voyage. Une escorte de vingt cuirassiers, enveloppés de grands manteaux blancs, suivit la voiture, mais ne la suivit pas longtemps.

« Je voyais peu à peu, dit la maréchale,
diminuer le nombre des cuirassiers de l'escorte. En est-il arrivé un seul à notre premier
bivouac? Je ne le sais, parce que la nuit mit fin
à toute observation. Je me souviens seulement
que les deux derniers soldats que je pus apercevoir avaient leurs longues moustaches rai-
dies par les glaçons qu'avait formés leur res-
piration.

« Bientôt, tout se confondit, mais pas assez
tôt, cependant, pour qu'arrivée au pied de la
fameuse montagne qu'il fallait gravir, je ne
pusse distinguer des soldats immobiles, semés
sur toute la pente qu'ils avaient vainement
tâché de gravir. Surpris par le froid, ils étaient
tombés, et là, quand on tombait, l'on ne se
relevait plus... Quelques mares de sang
s'étaient échappées de leur poitrine et rougis-
saient la neige.

« Rien n'a jamais pu effacer la terrible
impression qui m'est restée de cette ascension
à travers ce champ des morts...

« Nous allions comme le vent sur ce plateau que nous avions parcouru avec tant de difficultés, quelques semaines auparavant. Mais la neige avait aplani les chemins. »

Au milieu de l'entassement des blessés, le maréchal Oudinot, blessé lui-même, avait peine à trouver place dans les bâtiments, dans les maisons où l'on s'arrêtait, et les pansements devenaient impossibles aux médecins qui voyaient tout geler entre leurs mains. Le sommeil était interdit par les bruits permettant seulement de fermer les yeux.

« Les bivouacs de la veille se dessinaient en noir, sur la blancheur du terrain, continue l'auteur de ces pages; mais tout y était éteint et sans mouvement. Combien d'hommes étaient morts? Combien agonisaient? Je ne sais; mais il est de notoriété que cette nuit du 7 au 8 décembre 1812 fut une des plus meurtrières par la température, et que ses ravages sur nos restes furent lamentables... Ce souvenir a poursuivi ma vie et m'impressionne encore de la manière la plus pénible.

« Avant tout cependant, je pensais à mon intérêt personnel, à ce héros mutilé que je disputais à la mort.

« Nous marchions rapidement; je souffrais du froid, particulièrement aux extrémités; mais, outre qu'il eût été inutile et presque honteux de me plaindre en cette circonstance, il y avait un autre motif pour me faire supporter sans murmure ce que nous appelons vulgairement l'onglée; c'est qu'elle est une preuve de vie inconnue à ceux qui vont mourir de froid. Lorsqu'elle arrive à un degré menaçant, on ne la sent plus...

« Renfermés dans notre voiture, entre le ciel gris et la terre blanche, nous semblions être dans notre linceul. Le pâle soleil, qui s'était montré par moments, la veille, nous refusa sa présence, et quoiqu'à ce degré de froid il soit sans influence et n'empêche ni de geler, ni de mourir, au moins arrête-t-il le désespoir...

« A la sortie de Kowno, nous traversâmes le Niémen profondément gelé, et nous trouvâmes ensuite cette montée bien connue, diminutif de celle de Wilna. Nos pauvres chevaux nous tirèrent encore de ce mauvais pas, où vinrent se briser quelques jours plus tard les épées des vaillants capitaines qui avaient pu les porter jusque-là. Ce fut à Kowno, en effet, que le maréchal Ney, notamment, termina la retraite, si l'on peut appeler ainsi le simulacre de commandement qu'il essaya d'exercer jusqu'à la fin sur quelques débris épars, qu'il cherchait à réunir et à faire marcher. Ils achevèrent de s'anéantir aux bords du Niémen, et de ce moment, chacun agit et marcha pour son compte. »

A Kœnigsberg reparaît un peu du confortable des pays civilisés, sans les souffrances du ciel de Russie qu'on venait d'affronter. On s'arrête à Dantzig, à Berlin; la neige fondue annonce un climat plus tempéré, et c'est après quatre mois d'absence que se termine le dra-

matique voyage dont la maréchale Oudinot a
fait le récit.

A la chute de l'Empire, aux revers aussi
grands que les gloires, succède une période
pacifique ; les blessures de la France sont pan-
sées par la royauté réparatrice.

La plume de la maréchale Oudinot décrit
alors la cour de la Restauration où sa situation
de dame d'honneur de la duchesse de Berry
lui permit d'observer ce qu'elle a vu avec un
esprit pénétrant dont les jugements sont dictés
par la bienveillance et la modération.

C'est une autre vie qui commence pour elle,
une autre époque décrite dans des pages attachantes. On y retrouve les mêmes qualités de
style, la justesse d'expression, l'élévation morale, et par la mesure, la gravité, l'émotion
contenue, elles nous reportent aux Mémoires
du dix-septième siècle.

CHAPITRE IX

LES ÉPISTOLIÈRES

I

Mᵐᵉ DE SÉVIGNÉ

De nombreux exemples nous ont prouvé qu'en plus d'un genre, les femmes rivalisent avec les hommes. Dans le style épistolaire, elles leur sont supérieures, et il faut le répéter, après la Bruyère : « Ce sexe va plus loin que le nôtre dans ce genre d'écrire. »

Les lettres devaient offrir aux femmes la victoire qu'elles remportent dans le domaine où nul ne leur disputera le prix. Elles y trouvent l'occasion de se livrer à leur besoin d'épanchement et de déployer leurs qualités. Elles n'y sont pas auteurs et sont écrivains;

13

elles le sont naturellement, sans effort, sans
étude, et la correspondance remplaçant la causerie, les lettres jaillissant, à la manière d'une
improvisation, les femmes semblent vraiment
les créatrices du genre; elles sont faites pour
lui, il est fait pour elles.

Une lettre n'exige aucun ordre dans la com-
position; elle se prête à tous les sujets, et ses
meilleures inspirations viennent du cœur. Elle
vise à la prétention par trop d'esprit. Le
naturel en est le plus grand attrait.

Les meilleurs écrivains atteignent rarement
la perfection du genre. Les hommes ont trop
souvent la préoccupation d'être lus, et en
s'adressant aux autres, ils songent encore à
eux-mêmes.

Dans l'antiquité, Cicéron a été un modèle
du style épistolaire; il y apporte ce qu'on aime
à y trouver. Loin de rechercher le succès, il
ne voit que le plaisir d'un entretien rapide et
familier. En écrivant ou en dictant ses épîtres,
il se dédommage des servitudes du monde,

des soucis du pouvoir, du fardeau des affaires. Le causeur remplace l'orateur.

Pline le jeune, au contraire, n'écrit que pour le public; il ambitionne les suffrages de la postérité. Ses lettres sentent l'apprêt; ce ne sont plus des missives destinées au cercle intime, des confidences, des propos échangés, la plume à la main, mais des compositions littéraires, et, si l'on veut, des exercices de style.

Nous revenons à cette forme ambitieuse, à ce goût de la rhétorique avec Balzac, au dix-septième siècle. L'épître est alors un discours qui traite des affaires publiques plutôt que des affaires privées. C'est le développement d'un sujet, d'une pensée, au lieu du récit de la vie quotidienne et des effusions qui trompent les regrets de l'absence.

Voiture, à la même époque, met dans ses lettres le bel esprit de l'hôtel de Rambouillet dont il est l'oracle. Ce n'est pas à lui qu'il faut demander le naturel, l'aisance, la simplicité.

Pas plus que ceux de Balzac, ses défauts ne choquent ses contemporains dont le goût est tombé dans l'affectation des *Précieuses* qui, à force d'épurer le langage, dénaturent le génie français.

Une femme prend alors la plume; elle donne au style épistolaire son charme et lui restitue son vrai caractère. Mme de Sévigné est la personnification la plus éclatante du genre, et son nom sert à le désigner dans ce qu'il a de plus achevé.

Comment a-t-elle atteint la perfection que personne ne connut avant elle? Son instinct et son goût lui ont enseigné ce que n'apprendrait pas l'étude. Si ses lettres n'avaient pas eu le naturel qui est la qualité principale du genre épistolaire, elles auraient eu la vogue; elles n'auraient pas obtenu la durée. Leur succès n'aurait pas dépassé la faveur d'une époque.

Les lettres de Mme de Sévigné ont reçu la consécration du temps; destinées pour la plupart à sa fille, elles sont allées à la postérité. Ces feuilles légères, tracées par l'amour maternel, sont devenues une de nos gloires littéraires.

On admet difficilement qu'une femme d'esprit dont les lettres étaient recherchées de son vivant, ait pu les écrire naturellement, sans aucun souci de l'élite intellectuelle qui les lisait et les applaudissait.

Dans son œuvre, il faut distinguer les lettres adressées à des personnalités en vue, à des amis, à des parents dont le suffrage avait du prix, — comme les Coulanges et Bussy-Rabutin, — des missives que recevait sa fille et où elle se livrait aux effusions de son cœur, aux caprices de sa plume.

Les lettres souvent citées sur la mort de Vatel, sur celle de Louvois et le mariage de la grande Mademoiselle ont la forme de la narration. Elles sont connues au point d'être classiques. Mais ce n'est pas là qu'il faut chercher la vraie Mme de Sévigné, celle qui dans l'en-l'entraînement de l'improvisation a laissé échapper des chefs-d'œuvre.

A Paris, la chronique mondaine, les bruits de la cour tiennent une grande place dans sa correspondance ; elle est un élément pour l'histoire dont on aime à recueillir les détails. Mais elle fait moins vivre dans l'intimité de Mme de Sévigné, moins pénétrer dans son âme et son caractère que les lettres écrites en Bretagne, dans la solitude des Rochers dont elle arpente les allées, et où l'hiver ne parvient pas, malgré la tristesse du ciel, à troubler la sérénité de cette nature chez laquelle se montre la santé morale, unie aux dons de l'esprit le plus étincelant et de l'intelligence la plus cultivée.

Jamais elle n'est mieux inspirée que par le spectacle de la nature et par les petits événements de la vie de province. Elle éclaire de sa bonne humeur les jours sombres, et si sa vieillesse a la gravité de l'âge, elle n'en a pas l'amertume.

Trente ans s'étaient écoulés depuis sa mort lorsque parut, en 1725, un volume imprimé à Troyes. Il renfermait seulement trente lettres de Mme de Sévigné, et des recueils encore bien incomplets furent publiés à Rouen et à La Haye, en 1726.

Le chevalier Perrin fut le premier éditeur de la correspondance de Mme de Sévigné que lui confia sa petite-fille, Mme de Simiane.

Ce ne fut pas sans bien des entraves apportées par des scrupules et des susceptibilités que cette publication vit le jour, en 1734. Elle fut suivie de plusieurs autres, et l'importante collection des *Grands écrivains de la France,* placée sous la direction de M. Ad. Régnier, a réuni, dans leur texte définitif, ces pages consacrées par le suffrage de toutes les générations.

Mme de Sévigné n'a imité personne et elle reste inimitable. Elle est moins l'image d'un temps que celle d'un esprit dont l'agrément n'exclut pas la solidité. On trouve en elle les grâces du style épistolaire qui fuit la recherche et la prétention pour ne garder que le charme et l'abandon.

II

On ne pourrait comparer Mme de Maintenon et Mme de Sévigné que pour les opposer l'une à l'autre. Leur esprit et leur caractère sont aussi différents que leurs vies.

Mme de Sévigné est une femme de l'aristocratie qui va quelquefois à la cour, et dont l'existence indépendante s'écoule tantôt à Paris, tantôt en Bretagne, dans son château des Rochers, et dont l'occupation favorite fut cette correspondance qui l'a rendue si célèbre.

Mme de Maintenon, élevée de la condition de la noblesse pauvre au trône de France, sans avoir eu le titre de reine, n'a pas quitté la cour, depuis que distinguée de Louis XIV, elle dut partager les soucis et distraire la vieillesse ennuyée du grand Roi. Si elle écrit beaucoup, elle a peu de temps à consacrer à ses lettres, presque toujours brèves, et comme retenues par les contraintes et les servitudes que lui imposaient les devoirs de sa situation brillante, mais équivoque, privilégiée mais pleine d'écueils.

D'un caractère positif, d'une nature prudente et réservée, le jugement, la raison dominent, chez elle, l'élan et l'imagination. Son style est grave comme sa personne; il a de la justesse dans l'expression, mais sa précision n'est pas sans sécheresse.

Mme de Maintenon, fondatrice de la maison de Saint-Cyr, — c'est son plus beau titre à l'estime de la postérité, — est pédagogue; elle aime à enseigner, à moraliser. Elle est dévote; ses lettres tournent facilement aux lettres de direction. D'ailleurs, elle correspond avec des évêques, s'inquiète du salut du roi; elle a le goût de la retraite et le dégoût de la cour. Si les lettres sont le miroir de la vie et du caractère, comment les siennes auraient-elles pu refléter la nature expansive, la verve malicieuse et l'inépuisable bonne humeur de Mme de Sévigné?

Avant de remplacer l'épouse légitime de Louis XIV, elle avait connu les souffrances de la pauvreté, les aspérités d'un mariage de raison, quand elle accepta l'offre généreuse du poète infirme Scarron. Sa haute fortune lui apporta des obligations difficiles et des soirs mélancoliques. Elle ne régna sur le cœur du monarque vieillissant qu'en se soumettant à la servitude, exposée à l'envie qui poursuit toujours une élévation rapide et inattendue.

Aussi les ombres de la tristesse enveloppent-elles cette figure austère, et rien ne sourit dans les lettres écrites au milieu des splendeurs de Versailles, à la fin du grand règne sur lequel s'appesantissent les revers et les deuils.

III

Les épistolières sont nombreuses au dix-huitième siècle, à cette époque où l'on écrit avec facilité, et où la société met la correspondance au
nombre de ses plaisirs. Elle songera surtout
alors à montrer de l'esprit et retombera ainsi
dans les écueils du genre. Plus cette société est
artificielle, moins elle apportera le naturel et
les grâces négligées qu'on aime à trouver dans
les lettres.

Si ce n'est l'esprit, c'est la passion qui s'ex-
primera dans les missives comme celles de
Mlle Aïssé au chevalier d'Aydie, de Mlle de Lespinasse au comte de Guibert, de la comtesse de
Sabran au chevalier de Boufflers.

On n'écrit pas seulement alors des lettres,

mais des billets agréablement tournés, et les femmes y excellent comme dans un art qui fait partie de l'existence mondaine.

Mme du Deffand est celle qui se distingue le plus dans le genre épistolaire au dix-huitième siècle. On l'a rapprochée de Mme de Sévigné, dont elle n'a ni les croyances, ni la sérénité. Sa jeunesse avait connu les corruptions de la régence ; son âge mûr et sa vieillesse n'échap pèrent pas au scepticisme du siècle de Voltaire.

Marie de Vichy-Chamrond, d'une noble race d'Auvergne, naquit en 1697 ; elle épousa le marquis du Deffand dont elle ne tarda pas à se séparer, et n'avait guère plus de cinquante ans lorsqu'elle fut atteinte de la cécité. Ses yeux, en se fermant à la lumière, lui firent éprouver le besoin de chercher des distractions dans la société qu'elle ne cessa de rassembler autour d'elle jusqu'à sa mort, arrivée en 1780, et les choses de l'esprit remplacèrent pour elles les consolations religieuses qui manquèrent à cette nature aigrie, déçue par le monde dont elle ne pouvait se passer, d'une pénétration tournée à la critique, à la malveillance, d'une intelligence très cultivée, d'un goût littéraire très sûr.

La correspondance occupa une grande place dans sa vie et en adoucit l'amertume, par l'échange de lettres fréquentes, dictées par elle ou que lui adressaient Horace Walpole, pour lequel son cœur désséché ressentit une affection durable; Voltaire qui rivalise avec elle d'enjouement et d'esprit sarcatisque; la duchesse de Choiseul que par un renversement des rôles et des âges, elle appelait *grand'-maman,* et qui la nommait sa *petite-fille,* s'efforçant de lui communiquer son égalité d'humeur et sa bonté souriante envers tous; l'abbé Barthélemy, ce familier des Choiseul dont la verve intarissable anime tous ses récits et dissipe la mélancolie des pensées de l'aveugle solitaire au milieu du monde.

Par son salon et son esprit, Mme du Deffand apporte à ses lettres les échos de toute

une société, l'image d'une époque ; le style en
est naturel et facile ; on n'y sent pas l'apprêt,
la préoccupation de briller, quoiqu'elle ait le
talent des narrations, et sache conter à merveille une anecdote, rapporter une nouvelle,
commenter un événement. Elle condamne la
prétention dans le genre épistolaire.

« Toute lettre, dit-elle, où l'on ne parle pas
à cœur ouvert, où l'on ne dit pas tout ce qu'on
pense, tout ce qu'on voit, tout ce qu'on fait,
où l'on n'écrit que pour écrire, où l'on démêle
de la réserve, de la contrainte, devient une
lecture fade (1). »

Le naturel est ce qu'elle loue dans Mme de
Sévigné dont elle est l'admiratrice, et qu'elle
met fort au-dessus de Mme de Maintenon dont
elle dit :

« Ses lettres sont fort réfléchies ; il y a beaucoup d'esprit, un style fort simple ; mais elles
ne sont point animées et il s'en faut de beau-

_____

(1) *Correspondance complète de la marquise du Deffand*,
publiée par M. DE LESCURE, II, 365.

coup qu'elles soient aussi agréables que celles
de Mme de Sévigné. Tout est passion, tout est
en action dans cette dernière ; elle prend part
à tout, tout l'affecte, tout l'intéresse : Mme de
Maintenon, au contraire, raconte les plus
grands événements, où elle jouait un rôle,
avec le plus parfait sang-froid ; on voit qu'elle
n'aimait ni le roi, ni ses amis, ni ses parents,
ni même sa place (1). »

Pleine d'admiration pour Corneille et Racine,
elle trouve Voltaire inférieur dans la tragédie
et loue les épîtres où il déploie la vivacité de
son esprit.

Ses jugements font honneur à son goût.

Elle n'hésite pas à déclarer que la *Nouvelle
Héloïse* « renferme un océan d'éloquence ver-
biageuse », et considère Jean-Jacques Rousseau comme « un sophiste, un esprit faux et
forcé (2) ». Elle n'a pour la mort de Voltaire

---

(1) *Correspondance complète de la marquise du Deffand,*
publiée par M. DE LESCURE, II, 466.
(2) II, 707 ; II, 483.

qu'un mot d'indifférence dédaigneuse. Si elle goûte l'écrivain dont la plume a tracé de jolies lettres à son intention, l'homme lui est antipathique, et son scepticisme ne va pas jusqu'à le suivre dans sa passion irréligieuse.

Parmi ses correspondants, rien de plus attachant que la duchesse de Choiseul dont les lettres respirent le charme, la douceur qui émanaient de sa personne et de son caractère. Femme du ministre de Louis XV, elle reste simple, naturelle, enjouée, soit qu'elle participe à ses honneurs, soit qu'elle partage sa disgrâce dans la somptueuse demeure de Chanteloup vers laquelle s'empressent d'accourir tous ceux qu'anime l'esprit d'opposition, et qui restent fidèles à la puissance tombée.

Les lignes écrites par cette femme distinguée font vivre de sa vie, et projettent le rayonnement qu'elle répandait autour d'elle.

Voici comment elle raconte, à Mme du Deffand, une de ses journées, alors que ses devoirs l'appellent dans le tourbillon de la cour :

« Je viens de m'arracher de mon lit pour achever une frisure commencée d'hier ; quatre pesantes mains accablent ma pauvre tête. Ce n'est pas le pire pour elle, j'entends résonner à mes oreilles le fer, les papillottes. Il est trop chaud... Quel ajustement madame mettra-t-elle donc aujourd'hui ?... Cela va avec telle robe. — Angélique, faites donc le tocquet ; Marianne, apprêtez le panier. — Vous entendez bien que c'est la suprême *Tintin* qui ordonne ainsi. — Elle a beaucoup de peine à nettoyer ma montre avec un vieux gant ; elle me fait voir que le fond en est toujours noir.

« Ce n'est pas tout. Un militaire pérore de l'expulsion des jésuites ; deux médecins parlent, je crois, de guerre ou se la font peut-être ; un archevêque me montre une décoration d'architecture ; l'un veut attirer mes regards, l'autre occuper mon attention. Vous seule intéressez mon cœur. On me crie de l'autre chambre : « Madame, voilà les trois quarts ; le

14

roi va passer pour la messe... — Allons, vite !
mon bonnet, ma coiffe, mon manchon, mon
éventail, mon livre : ne scandalisons personne.
Ma chaise, mes porteurs ; partons !

« J'arrive de la messe ; une femme de mes
amies entre presque aussitôt que moi ; elle est
en habit ; mon très petit cabinet est rempli de
la vastitude de son panier. Elle veut que je continue : Je n'en ferai rien, madame ; je ne serai
pas assez mon ennemie pour me priver du
plaisir de vous voir.

« Enfin, elle est partie ; reprenons ma lettre ;
mais on vient me dire que le courrier de Paris
va partir. Il demande si madame n'a rien à lui
ordonner.

« — Eh ! si fait, vraiment ! J'écris à ma chère
enfant ; qu'il attende.

« Une jeune Irlandaise vient me solliciter
pour une grâce que je ne lui ferai pas obtenir.
Une fabricant de Tours vient me remercier d'un
bien que je ne lui ai pas procuré. Celui-ci
vient me présenter son frère que je ne verrai

pas ; il n'y a pas jusqu'à Mlle Fel (1) qui n'arrive chez moi.

« J'entends le tambour ; les chaises de mon antichambre sont culbutées : ce sont les officiers suisses qui se précipitent dans la cour.

« Le maître d'hôtel vient me demader si je veux qu'on serve. Il m'avertit que le salon est plein de monde, que monsieur est rentré ; qu'il a demandé à dîner. — Allons donc, il faut finir. Voilà le tableau exact de ce que j'ai éprouvé hier et aujourd'hui, en vous écrivant, et presque tout cela à la fois ; jugez si je suis lasse du monde, et si vous devez vous donner tant de peine pour m'en procurer ; jugez si je vous aime pour pouvoir m'occuper de vous, et comme votre pauvre grand'maman est impatientée, tiraillée, harcelée ! Plaignez-la, aimez-la, et vous la consolerez de tout (2). »

(1) Célèbre chanteuse.
(2) Lettre du mois de décembre 1761. *Correspondance complète de Mme du Deffand avec la duchesse de Choiseul, l'abbé Barthélemy et M. Craufort*, publié par le marquis DE SAINT-AULAIRE, 1866, in-8°. I.-9.

On a, dans cette page animée, une vision des jours de grandeur de la duchesse de Choiseul qui, ruinée par le faste de son mari, acquitta toutes ses dettes, traversa la Révolution, sans subir le sort réservé à ses parentes, à ses amies, et termina, dans un modeste logis, une existence qui avait brillé de l'éclat des honneurs et de la fortune.

IV

LAURETTE DE MALBOISSIÈRE

Nous revenons au règne de Louis XV avec
une jeune fille, Laurette de Malboissière dont la
brève existence nous est révélée par les lettres
qu'elle écrivit à son amie d'enfance, Adèle
Méliand, devenue marquise de La Grange, et
c'est encore la correspondance qui nous raconte une époque, en nous faisant entrevoir
une figure disparue (1).

Les lettres d'une jeune fille ne semblent pas
devoir offrir de l'intérêt et mériter d'être publiées. Mais celles-ci ont un titre qui les recom-
mande à l'attention et les a préservées de l'oubli.

---

(1) *Laurette de Malboissière. Lettres d'une jeune fille
du temps de Louis XV* (1761-1766), publiées par la marquise
DE LA GRANGE. Paris, 1866, in-12.

Laurette de Malboissière n'est pas une personne
ordinaire. Son éducation fut des plus brillantes.
A quinze ans, elle savait le grec et le latin,
l'italien, l'espagnol, l'allemand, l'anglais. Elle
parlait et écrivait couramment dans toutes ces
langues. Elle étudiait les sciences exactes, l'histoire naturelle, conversait avec des savants,
avait le goût des œuvres dramatiques, lisait et
jugeait tous les livres ; c'était vraiment un prodige.

Ce qui ne surprendra pas moins, c'est que sa
vie laborieuse ne l'empêche pas de mener la
vie du monde, de fréquenter les salons et les
théâtres, de recevoir et de faire beaucoup de
visites, d'aller au bal, de se montrer dans les
promenades à la mode et de consacrer à sa
toilette le temps qu'elle dérobe à ses études.

On serait tenté de croire qu'un tel surmenage
la conduisit au tombeau, à l'âge de vingt ans, en
1766. Mais ce fut vraisemblablement le chagrin qui la frappa au cœur. Elle s'était atta-
chée à un jeune homme, M. du Tartre, instruit,

lettré au point d'avoir obtenu par son éloge de Descartes une mention à l'Académie. Sa grande fortune répondait à ses qualités de cœur et d'esprit, et le mariage était décidé, à la satisfaction des deux familles, quand le fiancé succomba rapidement aux atteintes de la rougeole pourprée.

Ainsi s'évanouirent pour Mlle de Malboissière *tous ses rêves de bonheur.*

Les Randon de Malboissière, d'où elle tirait son origine, étaient une famille de riches financiers appartenant au Languedoc, et qui comptait parmi ses membres Randon de Pommery, fermier général. Les parents de Laurette habitaient à Paris un hôtel, situé rue Paradis, où se rencontraient la science, l'esprit, l'élégance, la magistrature, l'aristocratie de la naissance et celle de la fortune. On y voyait Helvétius, La Condamine, Cassini, Hume, le célèbre historien anglais, et des notabilités étrangères. Les conversations, dans ce salon, étaient des livres ouverts pour cette jeune fille d'une intelligence peu commune et d'un jugement précoce.

Au milieu des agitations mondaines de la capitale, elle traduit Hérodote.

« J'ai relu à la campagne, dit-elle, Virgile tout entier; il m'a amusée on ne peut davantage. »

La liberté qu'on laisse à Laurette dans ses lectures n'est pas sans limites. Elle écrit un jour :

« J'ai relu le Tasse qui m'a beaucoup amusée; je lis maintenant l'Arioste. Je ne crois pas qu'il y ait rien d'aussi fou. Il passe d'une histoire à une autre sans en finir aucune. Il fait des contes qui quelquefois n'ont pas le sens commun. Il y a des sortilèges, des magiciens, des chevaux ailés. Il fait enfiler d'un seul coup six hommes à son Roland; il le fait passer tout entier avec son épée dans la gueule d'un monstre qu'il perce de coups quand il est une fois dedans. J'ai bientôt fini le premier volume. Il me divertit par ses folies. Il y a des choses qu'il faut passer, si vous le lisez, et dont ma mère m'a averti. C'est dans le huitième chant, l'histoire d'Angélique et d'un ermite. »

Elle ne prend pas moins d'intérêt aux oiseaux qu'à ses lectures. Elle renseigne son amie sur leur sort :

« Malgré tous les soins que nous avions de vos oiseaux, nous n'avons pu retenir le ciseau de la Parque. Votre petit serin, celui qui étoit garçon, mon favori, qui habitoit dans ma chambre, hors de la portée de Flore, n'a pu lui échapper, je veux dire à la mort. Samedi, en lui donnant du seneçon, il paraissoit fort gai et s'approchait pour en manger. Dans l'instant, il est tombé mort. J'ai d'abord imaginé que c'étoit seulement un étourdissement, et l'ai baigné dans du vin. Mais tout mon art a été inutile. Je vous laisse à juger combien j'en ai été fâchée, ainsi que cette pauvre Mlle Jaillié qui a pensé s'en trouver mal. Votre serine n'a point d'œufs; elle aime beaucoup son mari, et je crois que ce seroit leur faire un trop grand chagrin que de l'en séparer. »

Une autre fois, elle parle des soirées qu'elle a passées au théâtre :

« Je n'ai pu vous écrire plus tôt; je suis allée à la Comédie-Française trois jours de suite. Vous direz que je suis folle, et que jamais on n'a vu aller si souvent à la Comédie. Je le confesse, mais vous savez le proverbe : prenez la fortune par les cheveux de peur de la laisser échapper. C'est ce que nous avons fait. Samedi, il y avoit beaucoup de monde; on donnoit *Cinna* et l'*Oracle*. Mlle Clairon a joué le rôle d'Émilie avec tout le talent que vous lui connaissez : Brizard, qui faisoit celui d'Auguste, a eu un succès remarquable. Dimanche, on donnoit le *Curieux impertinent,* comédie assez bonne de Destouches, qu'on n'avoit pas jouée depuis longtemps. Hier, on donnoit encore *Cinna* et la *Scempiezza* qui est très gentille. Préville et Belcour y ont été charmants. Mais je crois que je serai maintenant quelque temps sans aller au spectacle. »

Son cœur de Française se réjouit des victoires de nos armes, et à propos du combat de Johannisberg qui avait eu lieu le 30 août 1762, elle manifeste son patriotisme :

« Eh bien, mon cœur, notre jeune prince de Condé (1) fait des merveilles ; il donne de grandes espérances. Il vient comme vous savez, sans doute, de bien battre le prince héréditaire. Les Hanovriens l'ont abandonné comme des lâches, les Anglais seuls ont résisté, mais ils ont été enfoncés à la baïonnette au bout du fusil. M. de Boisgelin en a apporté hier la nouvelle au roi qui étoit à Choisy, et qui a été, dit-on, enchanté. Le canon a ronflé hier et aujourd'hui toute la journée. Vous ne sauriez croire combien j'ai été contente en apprenant cet avantage. *Vous savez à quel point je suis citoyenne...* »

Mlle de Malboissière ne perdait pas sa jour-

---

(1) Louis-Joseph de Bourbon, prince de Condé, né en 1736, mort en 1818, père du duc de Bourbon et grand-père du duc d'Enghien.

née, et les lignes suivantes nous montrent qu'elle suffisait à tout :

« Jeudi matin, j'ai pris ma leçon de mathématiques. J'ai eu ensuite le temps jusqu'à l'heure du dîner, de faire mes trois thèmes, espagnol, italien et allemand. A trois heures, Cézeron est venu, j'ai dansé ; à cinq heures est arrivé mon petit maître de dessin, qui est resté avec moi une heure et un quart, et qui vient tous les jours. Après son départ, j'ai lu douze chapitres d'Épictète, en grec, et fini une tragédie angloise bien intéressante... Je suis montée chez ma mère à huit heures et demie. Nous avions à souper les Charandon et les Nagu. »

A la campagne, elle continue de se livrer à ses occupations favorites :

« Hier, j'ai beaucoup travaillé à l'histoire naturelle ; j'ai lu les deux tragédies de la Place dont la versification me paroît bien faible... J'ai lu soixante et douze pages de l'abbé de la Porte, son livre me paroît très instructif et très bien fait ; il m'amuse beaucoup.

« Voilà, mon cœur, la vie que je mène ici.
En me levant, je me coiffe, je travaille jusqu'à
une heure qui est le temps du dîner. Après le
dîner je reste un instant dans le salon, et
remonte chez moi jusqu'à l'heure de la promenade, quand il fait beau. Depuis la promenade
jusqu'au souper, je joue au whist, et je vais
me coucher à dix heures et demie, onze heures
au plus tard. Aujourd'hui nous avons du
monde à dîner, ce qui me fait du chagrin. »

Les lettres de Laurette de Malboissière se
succèdent pendant quatre années, pleines des
événements de sa vie, tour à tour studieuse et
mondaine. Depuis que la mort de son fiancé
est venue détruire si soudainement ses espérances d'avenir, elle se détache de tout ce qui
l'intéressait. Son amie, mariée au marquis de
La Grange, lui offre l'image du bonheur qui
aurait été le sien.

« Votre amitié, la tendresse de ma mère,
voilà, lui écrit-elle, tout ce qui me reste. Le
monde n'est plus rien pour moi. »

Le découragement s'empare d'elle, et sa
santé décline sous l'empire du mal qui la mine,
et auquel le célèbre docteur Tronchin ne peut
apporter aucun remède.

Ainsi finit cette correspondance d'une jeune
fille, si extraordinairement douée, si accessible
à toutes les jouissances d'une existence fié-
vreuse, partagée entre le plaisir et le travail,
et qui s'arrête à la page du roman que la mort
vint interrompre.

V

EUGÉNIE DE GUÉRIN

Nous voilà loin de la vie parisienne sous Louis XV et de l'intérieur opulent d'une famille de finance.

Eugénie de Guérin (1) nous transporte en province, dans la première moitié du dix-neuvième siècle, sous le toit modeste où réside une race dont l'antique noblesse supporte fièrement l'absence de fortune. C'est une vieille fille d'esprit cultivé dont les lettres n'ont à raconter que les incidents de ses journées paisibles. Elle nous initie à ses graves pensées, à ses émotions religieuses et familiales, à tout ce

(1) Née en 1805, morte en 1848. *Eugénie de Guérin intime*, par le comte DE COLLEVILLE, in-18, 1907. — *Lettres d'Eugénie de Guérin*. 5ᵉ édit., 1865, in-12. — *Journal et lettres*, 4ᵉ édit., in-12, 1863.

qui trouve un écho dans cet humble foyer,
comme aux aspirations de son esprit, prompt à
franchir le cercle étroit où sa destinée la renferme.

Les Guérin, originaires de l'Auvergne, re-
montaient aux temps féodaux et avaient paru
sur les champs de bataille de la Palestine. Ils
comptaient parmi leurs rejetons deux grands
maîtres de l'ordre de Saint-Jean de Jérusalem et
deux cardinaux. Une de ses branches s'était
fixée dans le Languedoc. De toutes les seigneu-
rie qu'elle avait possédées, il ne lui restait que
le manoir du Cayla, dans le Tarn, demeure
aux vieilles murailles dominées par une tour,
et en rapport avec les modiques revenus du
petit domaine où des champs et des vignes
suivent la pente d'une colline.

L'intérieur que distinguait une cuisine hos-
pitalière, à la haute cheminée près de laquelle
le pauvre venait parfois réchauffer ses membres
engourdis, rappelait moins un château qu'une
ferme, et contrastait avec la filiation des puis-

sants seigneurs qui couvraient l'arbre généalogique.

Par quelles circonstances, les descendants d'illustres guerriers étaient-ils relégués dans cette honorable obscurité? L'histoire des familles a ses mystères. A leur élévation succède parfois une chute lente et irrémédiable. Les charges militaires que les gentilshommes supportaient volontairement avant la Révolution contribuèrent fréquemment à appauvrir la noblesse de province, d'ailleurs peu fortunée, et qui, au milieu d'une chétive existence, aimait à se prévaloir de son ancienneté.

On se représente ce qu'était pour la famille de Guérin le séjour du Cayla. Les chemins de fer n'ont pas encore, à cette époque, sillonné les pays que traverse seulement la diligence. Les communications avec Albi, la capitale de la province, et avec Gaillac, n'étaient pas ce qu'elles sont de nos jours. Le voisinage d'un hameau, celui du village de Cahuzac, étaient les seules ressources d'une résidence dépour-

15

vue des distractions recherchées par ceux qui
ont le goût de la locomotion et de la société.

M. de Guérin avait épousé Mlle de Fontenille
qui mourut d'une affection de poitrine, lui laissant quatre enfants : Eugénie, une seconde
fille plus jeune, nommée Marie, et deux fils :
Maurice et Erambert.

Eugénie n'avait que quatorze ans lorsqu'elle
dut remplacer sa mère. Elle comprit et sut
remplir tous les devoirs que lui imposait cette
épreuve. Son temps était partagé entre les soins
du ménage, les exercices de piété, les visites
aux malades, le travail à l'aiguille et sa correspondance ou son Journal qu'elle prenait pour
confident de ses pensées.

On n'a pas de peine à la croire quand elle
nous dit que ses journées s'écoulent avec une
monotone régularité :

« Rien ne s'est passé depuis dimanche qui
mérite qu'on s'en souvienne, écrit-elle au mois
de novembre, dans la saison où tout devait
paraître plus triste au Cayla; la pluie, la boue,

le vent et aujourd'hui le soleil, voilà tout.
J'oubliais un chapon que Wolt a assassiné, ce
qui lui a valu quelques coups de fouet qui lui
ont fait crier miséricorde (1). »

La neige lui rappelle ses jeux d'enfant, et
l'hiver ne lui offre plus d'autre plaisir que la
chaleur du foyer. L'été ne dissipe pas toujours
la mélancolie de ses pensées :

« A présent, j'entends chanter les cigales de
temps en temps, un rossignol qui a son nid là-
bas dans les genevriers. Ce côté du Cayla est
un peu gâté par la chute du grand chêne et du
grand cerisier que le vent a fait tomber cet
hiver ; mais ce n'est rien quand on voit la
garenne de Sept-Fonts toute à terre, notre chère
allée sans ombre, nos bancs renversés, moitié
brisés. Cela me fait mal à voir et je n'y vais
pas, ou je n'y vais que pour réfléchir. Où serai-
je? Où serons-nous quand ces arbres seront
redevenus grands? D'autres iront se promener

(1) 9 novembre 1831.

sous leurs ombres et verront comme nous des vents qui les abattront (1). »

Parfois, elle égaie d'un sourire le récit des occupations prosaïques de sa vie quotidienne :

« Savez-vous ce qui m'occupe, ce sont cinq canards qui viennent de naître et un poulet boiteux. J'ai pitié de tout ce qui souffre, et dorlote cette pauvre bête. Maintenant il va à cloche-pied ; il arrrivera bientôt à la broche (2). »

A une amie, elle décrit son existence sans événements :

« C'est toujours la même, fort occupée à mille riens de ménage, à faire la soupe parfois. Nous sommes avec une cuisinière de seize ans, l'ancienne nous a quittés et va prendre un maître à bâton, je le crains pour elle ; mais c'est son affaire ; la nôtre, c'est de faire notre dîner. Je l'aime assez ; le coin du feu de la cui-

(1) 15 juillet 1834.
(2) 28 juillet 1833.

sine et le parfum des fourneaux ont bien leur charme...

« Après dîner, ordinairement, je fais visite à des agneaux qui viennent de naître ; je leur dis qu'ils sont jolis et de grossir vite ; mais tout cela je le vois seule et cela n'a pas la moitié de son prix ; tout plaisir doit être partagé (1). »

Il lui arrive d'écrire au coin du feu de la cuisine, « l'encrier dans une niche à allumettes ». Elle ne quitte sa plume que pour la reprendre, pour causer avec les absents, avec son frère Maurice, avec ses amies. Ses lettres sont l'écho de ses pensées, l'image de ses années monotones, le miroir où se réfléchit la nature qu'elle a sous les yeux.

Si son esprit prend son vol et franchit volontiers l'horizon de sa demeure, de son village, de sa province, son cœur reste attaché aux affections du foyer, aux devoirs du ménage, et la foi religieuse, une foi ardente et profonde dirige ses actions, inspire ses pensées.

(1) Novembre 1834.

La sollicitude d'Eugénie entourait son père et tous les siens; mais elle avait pour son frère Maurice une prédilection passionnée; elle avait concentré sur lui ses espérances, ses rêves d'avenir. L'absence justifiait en quelque sorte ses préférences pour ce frère qui dut quitter le toit paternel lorsque les leçons de son père et celles du bon curé de village ne suffirent plus à son éducation. Il va d'abord à Toulouse, puis à Paris, au collège Stanislas dont la réputation attirait la jeunesse désireuse de s'instruire et de se distinguer. Un peu plus tard, il est étudiant en droit, puis il noue des relations, des amitiés qui inquiètent sa sœur, effrayée de le voir entraîné dans le mouvement littéraire. Elle le suit de ses vœux, de ses conseils, s'associe à ses débuts, s'intéresse à son avenir.

Maurice se fit remarquer d'écrivains dont il reçut les encouragements. Il se lia avec Barbey d'Aurevilly, avec Lamennais dont il subit l'ascendant au point de le suivre quelque temps sur la route fatale où l'auteur des *Paroles d'un croyant* ne devait pas s'arrêter. La piété d'Eugénie n'avait que trop de raisons de s'alarmer. Que de prières n'adressa-t-elle pas au ciel pour arracher ce frère si aimé aux influences contre lesquelles il avait peine à se défendre!

La Providence le sauva, en plaçant près de lui une délicieuse jeune fille, douée de toutes les vertus et dont la fortune permettait de surmonter les difficultés que Maurice avait rencontrées sur ses pas.

Atteint déjà du mal héréditaire qui devait l'emporter, il dut différer un mariage qui comblait ses vœux et ceux de sa famille. La ruine survint brusquement au foyer de la fiancée, Caroline de Gervain. Cette déception n'empêcha pas cependant le mariage d'être décidé. Eugénie ne voyait dans cette union que des promesses de bonheur. Sa joie débordait dans les lettres qu'elle adressait à ses amies.

« J'aime Caroline, écrit-elle à la baronne de Maistre, une des correspondantes qu'elle affectionne le plus, tout ce qui me vient d'elle et vous verrez par là qu'elle doit être ma sœur. Oui, elle se sera, malgré revers et fortune, parce que c'est un ange de vertu et de bonté, qu'elle rendra Maurice heureux. La Providence a été trop visible en ceci pour ne pas lui fier leur avenir. Ils ne seront pas riches; mais nous avons bien su nous passer de fortune, et nous sommes, je vous le certifie, heureux d'un bonheur d'union, de tendresse, de famille. Maurice sera comme sa vieille race; il mettra sa confiance en Dieu et son bonheur autre part que dans la fortune (1). »

Eugénie va partir pour Paris où la rejoindra son frère Erambert. A la cérémonie nuptiale, elle représentera son frère et sa sœur, restés au Cayla. Elle quitte le coin de terre où elle réside depuis si longtemps et prend le chemin de la capitale qu'elle ne connaît pas. Quel événement dans cette existence modeste et retirée!

(1) 3 août 1838.

Les voyages à cette époque n'ont pas la rapidité de ceux d'aujourd'hui. Eugénie monte dans la diligence et c'est avec ravissement qu'elle débarque à Paris, qu'elle s'installe rue du Cherche-Midi qu'inspiré par la circonstance, Barbey d'Aurevilly, l'ami de son frère, appelle *Trouve-bonheur*.

« Je croyais arriver moulue, écrit-elle à son père resté au Cayla, et me voilà comme sortant d'une boîte à coton. Nous avions cependant de la poussière à étouffer dans cette ennuyeuse Sologne qui dure trente lieues, et un bruit de tonnerre sur la route d'Orléans à Paris, toute pavée!... On est ballotté, saccadé, emporté, et tant mieux quand on va vite. Quelle mort dans les sables de la Sologne où l'on ne va qu'à pas de tortue! Par bonheur encore il n'a pas plu. Alors il faut parfois que les voyageurs poussent les roues (1). »

La première visite d'Eugénie de Guérin est pour l'église Saint-Sulpice où elle entend la

(1) 8 octobre 1838.

messe, puis elle va voir les Tuileries dont on montre les appartements, en l'absence de Louis-Philippe. Ses journées se succèdent, occupées à parcourir Paris, à voir ses monuments, ses églises surtout. Les cérémonies religieuses la ravissent, et les prônes, les sermons l'attirent tantôt à Saint-Sulpice, tantôt à Saint-Roch où elle entend l'abbé Deguerry dont le talent conquiert tous les suffrages.

Au milieu des agitations de son séjour dans la capitale, la pensée de la voyageuse se reporte vers la tranquille existence du Cayla. Les tours de Notre-Dame et le dôme des Invalides ne lui font pas oublier la nature.

« A Paris, on admire, mais rien n'étonne. A chaque pas, l'œil et l'esprit sont arrêtés; mais dans ma campagne, je m'arrêtais aussi : sur les fleurs, sur des brins d'herbe, sur d'étonnantes petites bêtes. A chaque endroit ses merveilles; ici celles des hommes et là celles de Dieu. Oh! celles-ci sont bien belles et ne passeront pas. Les rois peuvent voir tomber leur palais, les fourmis auront toujours leur demeure. Sur ces réflexions je vous quitte pour aller coudre une robe (1). »

Elle ne va pas au théâtre, mais au concert, commence à connaître les rues et à retrouver son chemin.

« On peut, comme à Albi et Gaillac, sortir et sans risques. On m'avait effrayée sur les dangers de Paris. Il n'y en a que pour les imprudents et les fous. Personne ne dit rien à qui suit droit son chemin. Le soir, c'est différent; pour tout au monde je ne sortirais seule, surtout sur les boulevards où l'on dit que le diable mène les gens (2). »

Le mariage de Maurice de Guérin et de Caroline de Gervain a lieu le 15 novembre, à Saint-Sulpice. « L'église, écrit Eugénie à son père et à sa sœur, a déployé toutes ses pompes, l'orgue pendant la messe faisait très bien... Nous avions beaucoup de monde et du beau

(1) 23 et 24 octobre 1838.
(2) La Toussaint 1838.

monde, une douzaine de voitures environ-
naient l'église. »

Le diner, la réunion, la soirée qui suivent
le mariage sont le sujet de récits enthousiastes.
On ne sera pas scandalisé de savoir qu'Eugénie
de Guérin dansa pour la première fois de sa
vie.

« Que monsieur le curé prenne son asper-
soir et m'exorcise! J'ai dansé avec Charles,
mon chevalier d'honneur. C'est de rigueur,
je n'aurais pu refuser sans me faire remarquer et sans m'ennuyer seule sur une ban-
quette. »

Les jours de joie devaient se changer bientôt en jours de deuil. Huit mois plus tard,
Maurice succombait au mal dont il avait gardé
le germe menaçant, impitoyable.

Eugénie écrit avec une stupeur remplie de
larmes :

« Le voilà mort, *mort!* Vous dire ce que ce
mot fait sur moi, ce qu'il a d'incompréhensi-
blement douloureux! Non je ne puis me faire

à cette séparation éternelle, ne plus le trouver nulle part sur la terre (1)!... »

« J'ai enterré ma vie de cœur, j'ai perdu le charme de mon existence... Lui et moi c'étaient deux yeux du même front. Nous voilà séparés. Dieu s'est mis entre nous. Que sa volonté soit faite (2) ! »

Sa douleur est tempérée par la résignation, adoucie par les devoirs qu'il lui reste à remplir. Mais elle se détache du mouvement littéraire auquel ne prendra plus part le frère dont les premiers succès avaient illuminé son ciel.

« Ne pensez pas à m'envoyer des livres, écrit-elle à Mme de Maistre; le port les rendraient trop chers. Et puis je sais m'en passer, rien ne m'est de besoin, et vraiment rien ne manque à mon cher et tranquille et bien-aimé Cayla. Quelques voisins obligeants nous ouvrent leur bibliothèque d'où je tire quelque rare chose à mon choix. Je suis ou je *resuis,*

(1) 22 juillet 1839.
(2) 26 juillet 1839.

l'ayant déjà lu, sur les œuvres de Bernardin de Saint-Pierre, aimable et simple auteur qu'il fait bon lire à la campagne. J'aurais fantaisie ensuite de *Notre-Dame de Paris*. Mais je n'ose pas. Ces romans sont si ravageurs (1)... »

Des rayons de poésie éclairaient parfois la nuit de sa tristesse envahissante; elle composait, pour l'enfance, des vers qu'encourageait Xavier de Maistre, le frère du grand écrivain, auteur lui-même d'agréables écrits.

Le mariage de son frère Erambert, la naissance d'une fille qui reçut le nom de Marie rendirent un peu de joie au foyer attristé, sans faire oublier le frère qu'Eugénie ne cessait de pleurer. Elle reprit son Journal délaissé et obéit à une inspiration consolante, en l'adressant « à Maurice au ciel ».

Ces appels à l'autre monde étaient-ils un pressentiment qu'elle ne tarderait pas à l'y rejoindre? Le même mal implacable qui avait frappé sa mère et son frère, l'atteignit à son

(1) 17 février 1840.

tour. Elle eut la joie suprême de ramener à la foi religieuse Barbey d'Aurevilly, l'ami de Maurice avec qui elle entretenait une active correspondance, pleine du souvenir de celui qui n'était plus.

La maladie continuait son œuvre. Elle lutta plusieurs années contre elle, et mourut à quarante-trois ans, au milieu des siens, dans cette habitation du Cayla à laquelle ses pensées s'étaient attachées, comme le lierre qui entoure les vieilles demeures.

C'est ainsi qu'Eugénie de Guérin termina une existence calme, résignée, remplie par le devoir, l'amitié, et aussi par une correspondance qui nous fait connaître l'histoire d'une âme, en révélant une intelligence d'élite que n'éteignait pas la monotonie des jours sur lesquels tombaient les soirs, tristes et silencieux.

VI

Mᵐᵉ SWETCHINE

En 1782, pendant le règne de la grande Catherine, naissait à Moscou, Sophie Soymonof qui devait finir ses jours à Paris, sous le nom de Mme Swetchine, avoir un salon recherché par une société d'élite et prendre rang parmi les épistolières, non plus dans la solitude de la campagne, dans le milieu circonscrit de la province, comme Eugénie de Guérin, mais dans la capitale où s'élèvent tant de réputations (1).

M. Soymonof le père de Sophie, était secrétaire intime de la célèbre impératrice dont la

---

(1) *Mme Swetchine intime*, par André Pavie. In-18. 1906. — *Lettres de Mme Swetchine*, publ. par le comte de Falloux, 3 vol. in-12. 1901, 5ᵉ édit. — *Mme Swetchine, sa vie et ses œuvres*, par le comte de Falloux, 2 vol. in-12.

puissance obtenait les adulations de Voltaire et fascinait les philosophes du dix-huitième siècle.

Les femmes, appelées à jouer un rôle dans la société, se font remarquer par les dons naturels que développe une brillante éducation. Sophie Soymonof, dès son plus jeune âge, montra d'étonnantes aptitudes pour la musique, le dessin, les langues étrangères. A quatorze ans, elle parlait l'italien, le français, l'allemand, l'anglais, étudiait le latin, le grec et même l'hébreu.

L'impératrice Marie qui avait succédé à Catherine II, l'admit au nombre de ses demoiselles d'honneur. Ses talents, ses succès faisaient d'elle un parti désirable. La volonté de son père dicta son choix, à seize ans, et lui donna pour mari le général Swetchine qui en avait quarante-deux. C'était bien là ce qu'on est convenu d'appeler un mariage de raison.

Les disgrâces étaient fréquentes, à la cour de Russie. M. Soymonof ne put y échapper, et

16

mourut peu de temps après l'ordre d'exil,
foudroyé par l'apoplexie. Mme Swetchine résidait à Saint-Pétersbourg où le général était
retenu par ses fonctions militaires, et bientôt
les proscriptions de la Révolution française
conduisirent les princes et de nombreux émi-
grés en Russie où ils reçurent le plus généreux accueil. Mme Swetchine apprit à connaître ainsi la société française au milieu de
laquelle il lui fut donné plus tard, de retrouver
une seconde patrie.

Une révolution de palais ayant détrôné en
1801, Paul Ier, son successeur Alexandre Ier
qui professait d'autres idées, suivit une autre
politique. De grands changements s'étaient
opérés à la cour. Mme Swetchine vécut alors
retirée dans ses terres, et cette tranquille existence cessa lorsque son mari fut appelé à servir
de nouveau.

La guerre déclarée par Napoléon à la Russie
et qui se termina pour la France par un
immense désastre, la chute du premier Empire,

le retour de la royauté traditionnelle, tous ces
événements avaient leur contre-coup en Europe
et dans le pays où résidait Mme Swetchine.
Elle s'était convertie au catholicisme. Cette
conversion, à laquelle ne fut pas étrangère
l'influence du comte de Maistre, avait été pré-
parée longuement par des études approfondies.
Elle fit de Mme de Swetchine une femme
d'une très haute piété, et si son abjuration,
rendue publique, n'attira pas sur elle la disgrâce
impériale, elle favorisa les intrigues qui obligè-
rent son mari de s'éloigner de Saint-Pétersbourg et de voyager pour tromper l'inaction.

Elle avait trente-quatre ans, en 1816, lorsqu'elle vint à Paris pour la première fois.

Ce séjour dura six mois et lui permit de
contracter de nombreuses relations. Elle connut
alors Chateaubriand, Bonald, Molé, Villemain,
Cuvier, Mme de Staël, la duchesse de Duras.
Lorsqu'elle retourne en Russie, avec son mari,
elle est déjà française par ses amitiés, ses sympathies, ses correspondances où elle est

informée de ce qui touche à la politique, à la
religion, à la littérature.

Tous les liens qu'elle forme la rattachent à
la France dont sa pensée ne saurait être absente
en parcourant les pays étrangers.

« Je suis charmée de l'Italie, écrit-elle en
1823 à la comtesse de Nesselrode, surtout de
Rome qui laisse bien loin d'elle tout ce qu'on
peut imaginer ; mais cela n'empêche pas que
chaque jour, je ne regrette la France qui a
pour ceux qui ont su s'y attacher, un attrait à
nul autre pareil. »

Un peu plus tard, elle rencontre à Naples
Mme Récamier à laquelle, bientôt après, elle
adresse ces lignes :

« Je me suis sentie liée avant de songer à
m'en défendre ; j'ai cédé à ce charme pénétrant,
indéfinissable qui vous assujettit même ceux
dont vous ne vous souciez pas. Vous me manquez comme si nous avions beaucoup de souvenirs communs. Comment s'appauvrit-on à ce
point de ce qu'on ne possédait pas hier? Ce

serait inexplicable s'il n'y avait pas un peu d'éternité dans de certains moments. On dirait que les âmes se touchant, se dérobent à toutes les conditions de notre pauvre existence, et que plus libres et plus heureuses, elles obéissent déjà aux lois d'un monde meilleur (1). »

Revenue à Paris, en 1825, elle s'y installa définitivement, rue Saint-Dominique, avec le général Swetchine qu'elle entourait des soins les plus dévoués. Son salon devint bientôt le rendez-vous de l'aristocratie de la naissance et de celle de l'intelligence. Il fut fréquenté par les hommes les plus illustres, les personnalités les plus marquantes de l'époque. Ce qui le distinguait de beaucoup d'autres, c'est que l'idée religieuse y dominait, et que la pensée du ciel venait souvent se mêler aux choses de la terre.

Une chapelle, voisine du salon, et pour laquelle Mme Swetchine avait réservé tout son luxe, attirait les visiteurs qui passaient des

(1) Naples. Décembre 1824.

entraînements de la conversation au recueille-
ment de la méditation et de la prière. Elle vit
s'agenouiller Lacordaire, Mgr Dupanloup, le
Père de Ravignan, dom Guéranger, le Père
Gratry.

Avec la piété de la maîtresse de maison, l'on
conçoit que les questions religieuses obtenaient
ses préférences, quoiqu'elle s'intéressât aux
choses de la politique et du gouvernement.
Sa foi n'avait rien d'intolérant ni de passionné.

Elle restait indulgente, sans cesser d'être
convaincue. Ses jugements étaient pleins de
sagacité et de modération. Ayant beaucoup vu,
réfléchi, étudié, son esprit était trop éclairé
pour être exclusif. Aussi, son salon, pouvait-il
réunir des hommes opposés par leurs caractères et leurs idées.

Mme Swetchine comptait des relations, des
amis dans tous les rangs d'une société que
divisaient les opinions. Sa qualité d'étrangère
lui permettait d'exercer sur son entourage une
suprématie qui n'avait pas le caractère de la

domination, et de comprendre les idées qu'elle ne partageait pas.

Ce fut, sans doute, le secret de son ascendant et du prestige qui l'environna. Chaque jour, de trois heures à six, s'ouvraient les portes du salon de la rue Saint-Dominique. Elles s'ouvraient de nouveau pour les réceptions du soir, de neuf heures à minuit. Des jeunes femmes élégamment parées, aimaient, avant de se rendre au bal ou au spectacle, à s'arrêter dans la pièce brillamment éclairée, — c'était son seul luxe, — où Mme Swetchine accueillait avec la même bienveillance l'élite mondaine et l'élite intellectuelle.

Victor Cousin, Cuvier, M. de Rémusat s'y rencontraient avec Mme Récamier, Mme de Montcalm, la comtesse de Gontaut, le duc de Laval; et M. de Quélen, archevêque de Paris, dont la haute distinction rehaussait la dignité épiscopale, y faisait des apparitions. Des ambassadeurs, des notabilités étrangères se mêlaient aux représentants de l'esprit français, et à l'aristocratie russe qui traversait Paris, ou y séjournait quelque temps.

Lamartine et Tocqueville fréquentaient assidûment ce salon dont Lacordaire, Montalembert et M. de Falloux, dans les dernières années, furent les visiteurs préférés.

L'illustre dominicain sollicitait les conseils de celle qui exerça sur lui une direction maternelle dont témoigne sa correspondance. Les relations de Mme Swetchine avec l'auteur des *Moines d'Occident* prirent un caractère de confiance et d'intimité qu'elles gardèrent jusqu'à la fin.

M. de Falloux, qui devait perpétuer le souvenir de cette femme éminente par la publication de ses lettres et de ses œuvres, dit de son salon qu'il n'était « ni un étroit cénacle, ni une école ». Il était un centre qu'entouraient la sympathie, le respect, la considération, et qui exerça une influence incontestée.

La société ne remplissait pas à elle seule la vie de Mme Swetchine ; les œuvres de charité

y tenaient une grande place. Le soulagement
de toutes les infortunes trouvait en elle un
concours actif et zélé. Si son esprit était attiré
par les questions qui intéressent le présent et
touchent au passé, son cœur restait ouvert aux
affections de famille, aux amitiés fidèles qu'at-
testent sa correspondance où la fermeté des
jugements n'exclut pas les effusions et la tendresse d'une âme que ne font fléchir ni le fardeau de l'âge, ni les souffrances physiques.

Elle place les droits de l'Église au-dessus
de toutes les institutions humaines, et envisage
sans inquiétude les efforts de ses ennemis.

« Les catholiques, dit-elle, peuvent souffrir
pour l'Église; mais ils ne trembleront jamais
pour elle (1). »

Mme Swetchine, excelle dans l'analyse des
sentiments, dans l'étude de l'âme; elle ne
s'écarte jamais des lois inflexibles de la morale,
et c'est à la lueur des principes de l'ordre le
plus élevé qu'elle juge les événements, les

(1) A Mme de D. 15 septembre 1848.

hommes, les caractères. Elle est étrangère à l'esprit de parti, et de là l'indépendance et l'autorité de ses appréciations, émises, au jour le jour, avec sincérité, sans prétention et sans pédanterie, dans un style clair, naturel, mesuré que pourraient envier des Françaises, et qui dénote chez elle une rare connaissance de notre langue.

Sur les révolutions qui se succèdent sous ses yeux, dans notre pays, elle se prononce avec une sereine impartialité. L'Empire s'écroule, en 1814, sous le poids des fautes et des revers, et elle écrit à ce sujet :

« La chute de Napoléon est telle qu'on pouvait l'attendre de la justice divine. Sa mort au champ d'honneur aurait fermé noblement une indigne carrière, et son caractère eût été un de ces problèmes, nullement douteux pour ceux qui savent appliquer les lois de la morale et même celles de la politique, mais qui aurait pu laisser quelques points à saisir à ces cerveaux à rebours, amis nés de l'extraordinaire. Dieu

ne l'a pas permis; Napoléon est jugé par tous
et pour jamais. Quant à l'heureux changement
opéré dans l'esprit de la nation française, il ne
m'a nullement étonné; leurs malheurs y servent d'exorde. D'ailleurs, pour eux, changer
c'est rester les mêmes (1)... »

La Révolution, malgré ses bouleversements,
lui semble avoir modifié peu de chose dans le
caractère national où subsistent les mêmes
ambitions, les mêmes préjugés. « L'individu,
les nations, le genre humain, dit-elle, sont
tous représentés au naturel par *Gros Jean,* et se
retrouvent toujours les mêmes comme devant (2). »

Le gouvernement de la Restauration correspond à ses principes, à ses goûts, à ses aspirations. Elle signale cependant les erreurs et les
fautes commises, aperçoit les écueils contre
lesquels se brisera la monarchie traditionnelle
qui garde toute ses préférences.

---

(1) A la comtesse Edling. 23 avril 1814.
(2) A la comtesse de Nesselrode. 6 septembre 1819.

La Révolution de 1830 lui rappelle le mot
de Rivarol : « Quand le peuple est roi, la po-
pulace est reine. » La monarchie de Juillet est,
à ses yeux, sans avenir, parce qu'elle ne repose
sur aucune base.

« L'anarchie, écrit-elle, est moins dans les
esprits que dans les pouvoirs... Les forces de
l'État sont réduites à la situation précaire des
individus. Chaque instant du présent est pro-
blématique, et je défie qu'on essaie même de
se former une idée de l'avenir. Voilà où conduisent les devoirs méconnus! Comme le disait
très bien le comte de Pontécoulant à la Chambre
des Pairs, et certes celui-là n'est pas suspect :
des droits seuls peuvent constituer des droits.
Cela est profondément vrai; on ne peut ni les
improviser, ni suppléer à leur absence; la
force matérielle peut bien les remplacer, mais
dès qu'une sorte de calme est rétablie, les vides
paraissent bientôt et deviennent des abîmes (1). »

Elle ne croit pas cependant qu'une régence

(1) A la comtesse de Nesselrode. 12 septembre 1830.

eût sauvé la couronne, au milieu des passions déchaînées, et elle ne voit le retour à la légitimité que dans le retour à la raison.

L'aventureuse expédition de la duchesse de Berry est jugée alors par des observateurs comme un anachronisme, à une époque où survit seul le sentiment de l'intérêt. Mme Swetchine partage cette opinion, en constatant l'indifférence de l'esprit public pour tout ce qui a le caractère d'un temps héroïque et chevaleresque. A la situation incertaine et précaire du trône de Louis-Philippe, elle ne voit pas d'issue. Elle rapporte un propos de Talleyrand : « Nous faisons du présent; la Russie fait de l'avenir. »

Les plus grands obstacles au rétablissement de la monarchie légitime lui semblent venir des exagérations de ses partisans. « L'idolâtrie, dit-elle, ne devrait jamais se mêler à nos affections, même les plus respectables. » Et elle souscrit à l'opinion exprimée dans un salon de Paris : « Ah! que le duc de Bordeaux revien-

drait aisément, s'il n'avait en France que ses
ennemis (1) ! »

Dans la chute de la royauté de juillet, elle
voit une expiation, et la Révolution de 1848 est
pour elle l'aveugle instrument de la Providence
dont elle reconnaît partout l'intervention.

Cette révolution lui causa peu de surprise.
« Les gens qui l'ont faite, dit-elle, encore bien
moins que ceux de 1830, ne s'y attendaient
pas ; trois heures ont suffi, non pas seulement à
briser, à faire disparaître une sorte de monarchie, mais encore à faire arriver à la surface
la lie impure de la population et à la laisser
seule maîtresse de la destinée générale! Après
le saisissement et la stupeur, on cherche à
s'expliquer un si monstrueux bouleversement.
En fait de raisons assignées, chacun a la sienne,
c'est l'obstination pour les uns, la peur pour
les autres, cette sucession de scandales crimi-
nels qui ont achevé de dégrader la classe élevée aux yeux du peuple. Tout cela aurait suffi

(1) A la comtesse de Nesselrode. 4 avril 1883.

peut-être pour faire descendre lentement, amener des perturbations, mais non frapper le coup terrible et solennel. Dans les circonstances des deux événements, avez-vous jamais rien vu de plus différemment semblable, de plus propre à nous montrer le second comme l'expiation du premier, et la justice s'appesantissant sur la faute (1) ? »

La république naissante ne lui paraît avoir aucune chance de durée, quoiqu'elle n'ait pas un caractère irréligieux, et n'ayant vécu que dans les commencements du second Empire, elle put seulement prévoir qu'après le besoin d'autorité se ferait sentir celui de la liberté, dans un pays partagé sans cesse entre des aspirations contraires.

Son salon ne cessa pas d'être ouvert à tout ce que la société, la littérature, la politique renferme de plus élevé, et sa correspondance est l'écho des idées qu'on y échange comme celui de ses pensées intimes.

(1) A la comtesse de Nesselrode, 3 mars 1848.

La mobilité parisienne ne lui laisse pas d'illusion sur la durée des choses et des hommes.
« Cette loi générale de l'affaiblissement des regrets et des souvenirs, écrit-elle, ne reçoit nulle part plus de sanction que dans le léger, rapide et mobile Paris.

« Les météores passent, s'éteignent sur nos têtes, et à peine a-t-on eu le temps de les observer, que d'autres phénomènes y succèdent. La première leçon que je reçus ici du faible sillon que laisse après soi tout ce qui meurt, m'a été donnée à la mort de Mme de Staël qui occupait, animait si vivement l'esprit de tout ce qui la connaissait; deux jours après, Paris n'y songeait plus. Je n'étais pas faite à une telle promptitude d'oubli; il se grava en moi en traits aussi sombres qu'ineffaçables (1). »

Mme Swetchine ne justifiait pas le mot de M. de Maistre : « A Paris, passé huit heures du soir, il n'est plus permis d'être chrétien. » La pensée religieuse n'était jamais absente de sa

(1) A la comtesse de Nesselrode, 18 janvier 1830.

vie et planait au-dessus des préoccupations qui s'agitaient autour d'elle. Levée de bonne heure, elle consacrait au travail de longues heures et en appréciait le bienfait en le recommandant aux autres.

« Après la prière, écrit-elle dans une de ses lettres, je ne connais pas de force plus grande que cet attrait pour l'étude, qui, bien dirigé, sert aussi bien l'âme que l'esprit (1). »

Si l'âge diminue ses forces, il n'éteint pas son ardeur religieuse et intellectuelle. Elle s'en exprime ainsi à une de ses correspondantes :

« On ne craint tant la vieillesse que parce qu'on la sépare de Dieu ; la mienne ne fait plus de rêves, mais de tous ceux qu'elle pourrait faire, le repos est encore ce qui la séduirait le moins. Assurément l'activité en nous change de nature et voit circonscrire son terrain ; elle est bien obligée de ralentir son pas par le déclin des forces corporelles ; mais puisant dans l'âme son principe et visant au même but,

(1) A la princesse de Wittgenstein. 1851.

son instinct reste inaltérable. Ce sont les mêmes
notes touchées quelques gammes plus bas. Ce
que j'ai compris jusqu'ici et même toujours
davantage, c'est que la volonté établisse une
lutte entre elle et l'affaiblissement de la vitalité
matérielle (1). »

Elle apporte dans ses amitiés, dans ses affections une chaleur d'âme que ne refroidissent
pas les années :

« Ah! que vous avez raison de croire, écrit-
elle à Mlle de Virieu, que je sais m'identifier à
ceux que j'aime! Je suis cent fois plus sensible
à leurs joies, à leurs peines, qu'ils n'oseraient
l'être eux-mêmes (2). »

Le général Swetchine, souvent menacé d'être
rappelé en Russie et d'y subir les rigueurs du
pouvoir impérial qu'on avait cherché à lui
rendre hostile, avait fini, après plusieurs
voyages entrepris avec sa femme, dans le but
de désarmer ses ennemis, par rester en France

(1) A Mlle de Virieu. 8 novembre 1852.
(2) 14 juin 1824.

et ne plus la quitter. Sa surdité ne l'empêchait
pas d'apparaître dans le salon de la rue Saint-
Dominique, toujours si fréquenté. Il fut frappé
subitement, à quatre-vingt-douze ans, et cette
mort que faisait prévoir son grand âge, affligea
profondément Mme Swetchine, en la privant
du but laissé à son dévouement. Elle écrit, à
ce sujet, à une de ses amies :

« D'instinct, je crois que vous me connaissez mieux que la plupart de ceux qui
croient me connaître, et alors vous avez mieux
qu'eux la mesure de ma souffrance qui eût été
intolérable sans le secours divin, aussi rapide
que la foudre qui me frappait. Une demi-
minute, chère amie, et tout était fini, tous les
moyens étaient impuissants, pour ceux qui
confirmaient mon irrévocable malheur, cet
effroi de toute ma vie! Comme dans tous ceux
dont je porte le poids, nulle consolation n'est
venue s'y joindre. Cependant, le comprendrez-
vous, chère amie? Je vivais de menaces; aujour-
d'hui je vis de confiance, d'espoir en la soli-

darité de tant de prières, de tant de mérites
ajoutés à ceux qui me manquent, et aussi de
ma foi, seule chose dont j'aie pour deux... Ce
que je repousse le plus de moi, c'est l'abatte-
ment. Si Dieu me rend des forces, je les met-
trai au service d'une volonté plus résolue, plus
dévouée que jamais. La douleur est au rang
des choses saintes (1)... »

Avant de composer les *Récits d'une sœur*
qu'on devait lire avec avidité, Mme Craven
avait communiqué les papiers dont elle était
dépositaire à Mme Swetchine qui, après en
avoir pris connaissance, lui adressa ces lignes :

« Quand vous voudrez toucher une âme ou
presser son pas, confiez-lui ce trésor... Jamais
le contraste de beautés éparses dans la vie et
de son profond néant ne m'est apparu plus
frappant que dans ces pages. Toutes les conditions et toutes les aptitudes du bonheur s'y
trouvaient, et pourtant que de retours de la
nuit sombre!... Le malheur même, chère

(1) A Mlle de Virieu. 9 janvier 1851.

madame, prend dans votre famille l'aspect de je ne sais quelle faveur singulière, et dans les coups les plus poignants, il y a de divins honneurs rendus... Je ne puis vous rendre assez de grâces de tout ce que vous m'avez fait connaître, apprécier, chérir. Quel rare bonheur que la rencontre d'éléments qui s'assimilent si bien! Et vous tous, comme il me semble que j'ai vécu au milieu de vous! Chère madame, veuillez prendre cette grande bonté que vous avez eue pour une date que j'inscris et qui ne s'effacera plus; si j'osais, je dirais qu'elle vous engage, car je crois fermement aux devoirs contractés envers ceux pour lesquels on a beaucoup fait (1). »

La correspondance ne fut pas la seule occupation de Mme Swetchine; elle écrivit des pensées, fruit de la méditation et de l'expérience, composa des traités sur la *Vieillesse* et sur la *Résignation,* deux sujets qui s'inspirent l'un de l'autre.

(1) 12 août 1852.

Dans tout ce qu'elle écrit se retrouve la gravité, la pénétration d'une femme à l'esprit singulièrement aiguisé, chez laquelle un peu de la sagesse antique se mêle à la foi chrétienne la plus profonde.

C'est en se faisant lire encore, en causant avec ses amis qu'elle vit s'approcher la mort, et le 9 septembre 1857, à l'âge de soixante-quinze ans, elle expira près de la chapelle où elle avait placé la Vierge en argent dont le voile brillait de l'éclat des diamants qui composaient son chiffre, lorsqu'elle était demoiselle d'honneur de l'impératrice de Russie. Parure des années de jeunesse dont sa piété avait fait hommage au sanctuaire où le souvenir de sa patrie s'unissait à son pays d'adoption.

VII

Nous avons terminé par les épistolières cette étude sur les femmes qui, à des époques diverses et avec des caractères différents, tinrent la plume et répondent victorieusement à ceux dont la sévérité voudrait leur interdire le domaine des lettres.

Le talent et le succès suffiraient pour justifier un grand nombre d'entre elles.

Dans la poésie et le roman, nous avons vu qu'elles réussissent par les dons de l'imagination, inhérents à leur sexe. Leur vivacité d'impression est une qualité dans les Mémoires où les récits familiers, les souvenirs personnels font de pages écrites sans ambition, des livres d'Histoire vécue.

Le genre épistolaire ne plaît qu'à la condition de n'être pas un art. Il appartient aux femmes; elles y surpassent les grands écrivains.

« C'est un métier que de faire un livre comme de faire une pendule, a dit La Bruyère. Il faut plus que de l'esprit pour être auteur. »

A ce difficile métier, les femmes ne sont généralement préparées ni par leurs études, ni par leur éducation. Elles peuvent y être appelées par des aptitudes, des dons naturels, et aussi par les milieux où la culture de l'esprit et les talents sont, en quelque sorte, une hérédité.

On aurait tort de vouer les femmes à la carrière des lettres qui ne leur est pas destinée; mais il serait injuste de les frapper d'une exclusion contre laquelle s'élèvent des noms célèbres.

Souhaitons que la plume reste entre leurs doigts, non pour les détourner de leurs devoirs essentiels, mais pour offrir un but à leur activité, occuper des loisirs, employer utilement des dons précieux, et ajouter de nouvelles fleurs à la couronne dont s'enorgueillit la France littéraire.

FIN

TABLE DES MATIÈRES

CHAPITRE VII

CHAPITRE VIII

CHAPITRE IX

PARIS. — TYP. PLON-NOURRIT ET Cⁱᵉ, 8, RUE GARANCIÈRE. — 14869.

www.ingramcontent.com/pod-product-compliance
Lightning Source LLC
Chambersburg PA
CBHW070449030726
47503CB00004B/961